十八大以来的这十年

是中国社会深刻发展的十年

是改变中国的十年

# 我们这十年

李春雷 著

中原出版传媒集团
中原传媒股份公司

大象出版社
·郑州·

图书在版编目(CIP)数据

我们这十年 / 李春雷著. — 郑州 ：大象出版社，
2022. 9
ISBN 978-7-5711-1601-9

Ⅰ. ①我… Ⅱ. ①李… Ⅲ. ①报告文学-中国-当代
Ⅳ. ①I25

中国版本图书馆 CIP 数据核字(2022)第 160592 号

**我们这十年**

WOMEN ZHE SHINIAN

**李春雷 著**

**出 版 人** 汪林中
**策划编辑** 张桂枝 孟建华
**项目统筹** 陈 灼
**责任编辑** 陈 灼 丁子涵
**责任校对** 毛 路 张迎娟
**装帧设计** 付锬锬

**出版发行** 大象出版社(郑州市郑东新区祥盛街 27 号 邮政编码 450016)
发行科 0371-63863551 总编室 0371-65597936
**网 址** www.daxiang.cn
**印 刷** 河南新华印刷集团有限公司
**经 销** 各地新华书店经销
**开 本** 890 mm×1240 mm 1/32
**印 张** 8.5
**字 数** 125 千字
**版 次** 2022 年 9 月第 1 版 2022 年 9 月第 1 次印刷
**定 价** 32.00 元

# 十年，十个故事（代序）

中华文明五千年，改天换地在今天。

中华民族从三皇五帝时期整合出发，经过艰难的文明演进、凤凰涅槃，由古代进入近代，再进入当代。社会体制也经过了原始社会、奴隶社会、封建社会，又经历了半殖民地半封建社会，直到进入社会主义社会。

五千年来，亿万万先民筚路蓝缕、栉风沐雨、舍生忘死、上下求索，梦想进入一个理想社会，那就是先哲们设计的小康和大同。

但是，由于文明发展进程和种种历史条件所限，中华民族的千古理想，一直飘浮在空中，摇曳在梦里。

20世纪初期，中国共产党诞生。

光明响亮的名字，熠熠闪耀着这个政党的初心和使命！

1949年10月1日，经过28年奋斗，中国共产党终于成为中华大地的执政党，建立了中华人民共和国。

从此，中华民族进入一个全新的历史时期。

在这个全新的历史时期，中国共产党领导中国人民，全面进行社会主义建设，建立了完备的工业、农业、国防、科技和文化体系，中国综合国力大大提升，国际形象空前高大。

在地球东方，曾经孱弱的中华民族，终于真正站起来了！

1978年12月举行的党的十一届三中全会，实现了新中国成立以来党的历史上具有深远意义的伟大转折。改革开放的基本国策释放了这个古老民族震古烁今、辉耀天地的伟力，中国进入了建设中国特色社会主义的新征程。

在这个历史新时期，中国的综合国力跻身世界前列，中国人民初步实现了富起来的夙愿。

但是，聪慧、勤劳的中国人民啊，在梦想的道路上奋斗不止。

2012年11月8日至14日，中国共产党第十八次全国代表大会隆重举行。

“经过长期努力，中国特色社会主义进入了新时代，这是我国发展新的历史方位。”2017年10月18日，在中国共产党第十九次全国代表大会上，中共中央总书记习近平郑重宣示。

这一宣示，更加明确了旗帜，更加预示了未来。

2021年11月，中国共产党第十九届六中全会召开。这次具有重要历史意义的全会审议通过的《中共中央关于党的百年奋斗重大成就和历史经验的决议》，从13个方面对十八大以来治国理政的重大成就进行了系统阐述。

这些历史性成就是全方位、开创性的。

• 在中华大地上全面建成小康社会，全面打赢脱贫攻坚战，历史性地解决了困扰中华民族几千年的绝对贫困问题；

• 国内生产总值突破100万亿元大关，人均国内生产总值超过1万美元，稳居世界上中等收入国家行列；

• 我国在载人航天、探月工程、超级计算、量子通信、大飞机制造、航空母舰等基础和前沿领域取得一大批标志性成果，若干领域实现从“跟跑”到“并跑”“领跑”的跃升；

• 建成世界上规模最大的社会保障体系，10.2 亿人拥有基本养老保险，13.6 亿人拥有基本医疗保险，人民生活水平显著提高……

这些历史性变革是深层次、根本性的。

• 坚持全面从严治党，从落实中央八项规定精神破题狠抓作风建设，以零容忍态度开展反腐败斗争，实现了管党治党从宽松软到严紧硬的转变，反腐败斗争取得压倒性胜利并全面巩固；

• 坚持以完善和发展中国特色社会主义制度、推进国家治理体系和治理能力现代化为总目标全面深化改革，各领域基础性制度框架基本确立，许多领域实现历史性变革、系统性重塑、整体性重构；

• 坚持把握进入新发展阶段的要求，牢固树立新发展理念，加快构建以国内大循环为主体、国内国际双循环相互促进的新发展格局，实现了对传统发展理念、发展模式的根本性变革；

……

党的十八大以来，党和国家事业取得历史性成就、发生历史性变革，最根本的原因在于有习近平总书记作为党中央的核心、全党的核心掌舵领航，在于有习近平新时代中国特色社会主义思想科学指引。

这是历史得出的结论！

这是实践给出的答案！！

这是人民作出的评判！！！

在这个辉煌的新时代，处处是精彩的中国故事。

春天寻芳，目不暇接。我们只能从这漫长而又短暂的十年里，从中国社会发展的多个方面，寻找典型，寻找标志，寻找故事。

于是，本书选择了十个时代人物。

他们，或许不是新时代最杰出的代表，但他们，都堪称新时代最真实、最生动的典型。他们来自各个行业、各个基层，虽然普普通通，却是实实在在。

俗话说，一花知春，滴水藏海。我们从他们的身上，分明看见了鲜亮的时代风采，看到了美丽富裕的整个新时代！

# 目 录

# 2013

经济运行稳中向好。国内生产总值达到 56.9 万亿元，比上年增长 7.7%……

设立中国（上海）自由贸易试验区，探索准入前国民待遇加负面清单的管理模式。提出建设“丝绸之路经济带”“21 世纪海上丝绸之路”的构想……

这一年，破浪前行的中国，完成了承上启下的历史交接，开始了继往开来的谋篇布局。

这一年，有太行深处访贫问苦的心心相印，还有嫦娥奔月玉兔凌空的欢呼雀跃；有调结构转方式的扎实推进，还有稳增长惠民生的务实之举；有维护国家主权和安全的沉着坚毅，还有履行国际义务、促进和平发展的友谊新篇；有“老虎苍蝇一起打”的果敢行动，还有八项规定抓铁有痕的坚持不懈；有啃硬骨头涉险滩、重点领域改革的纵深推进，还有群众路线教育实践活动所焕发出的强大正能量。

又是新的一年，又是新的一天。

时间总是走得太急，但在飞逝的光阴中，却留下了奋斗者深深的印记。

——摘编自 2014 年《人民日报》元旦献词《让今天的改革为明天铺路》

# 我的中国梦

从珠海飞回沈阳的时候，已经是晚上 8 时了。

南北温差太大，冰火两重天。他体内虚火旺盛，满嘴起泡，唇角还淤结了一处不大不小的疮痂，黑乎乎的，像一粒似要破溃的桑葚。

他打电话给妻子，说连夜赶去外地参加一个活动，月底结束，今晚就不回家了。

妻子问："十多天没照面，又要到哪儿去？"

他沉默了一会儿："你别问了，保密。"

妻子不说话了，这是多年的习惯。但又不放心，就叮嘱一句："如果是在东北，务必带上棉大衣。"

他赶回办公室，处理了几个急件。然后，拿上棉衣和一件工装——海蓝色夹克，就披着浓稠的夜色，匆匆忙忙地奔向几百公里之外的基地。

作为中航工业沈阳飞机工业（集团）有限公司董事长兼总经理，他担任研制现场总指挥的中国第一代舰载机——歼-15，几天后就要公开在“辽宁号”航母上进行第一次起降训练了，那肯定是一个世界注目的事件。只是现在，还不能透露丝毫。

这一天，是2012年11月17日。

## 一

罗阳是部队大院里长大的，父母亲都在第三军医大学工作。

高考的时候，他成绩非常优秀，完全可以考取北京大学、清华大学，可他执意选报了北京航空航天大学、西北工业大学和南京航空学院。他是军人的孩子，他的梦想是国防军工。

进入北航读书，专业是高空设备制造。

在班里，他不仅专业课成绩好，体育也好：立定跳远

2.75 米，引体向上能做数十次，腹部练出了八块坚硬的腹肌。他 1.8 米的个头，身材清瘦，弹跳如簧，是班里的体育委员，是系排球队的主攻手。

1982 年，罗阳被分配到沈阳飞机设计研究所，担任设计员。

这是共和国组建最早的飞机设计研究所，主要从事战斗机的总体设计和研究，中国空军现役的歼击机大都在这里设计定型。

那时候，所里正在进行歼−8 Ⅱ的设计攻关。

有一年，罗阳与几位专家到美国考察。人家的航母甲板上，战机像蜻蜓一样飞飞落落，机翼轻松地折叠收放。想起自己的落后，年轻的他心急如焚。

差距太大了，太大了！

要拼命追赶啊。

一个国家，没有安宁的国防，就没有安宁的一切。

我们的天空并不安宁。未来的威胁，更多地将来自于空中。

没有人能够想象，这些年来，中国军机制造走过了一条怎样的艰难之路。

借鉴、消化、吸收、提升，失败、苦恼、汗水、泪水、血水……几十万中国航空人在追赶、追赶，苦思冥想，殚精竭虑，参悟天机，披星戴月，只争朝夕。

从二代机、三代机，到四代机，由望尘莫及，到望其项背……

## 二

到达基地时，已经接近凌晨 1 点了。

舰载机应急保障队的队员们还在等待，他们将举行战机上舰之前的最后一次检测。

飞机跑道上，停泊着几架橘黄色的歼–15，都睁大眼睛，亲昵地瞅着他。他也用深情的目光，细细地抚摸着，紧紧地拥抱着。这些，都是他的心肝宝贝啊。而现在，又仿佛是待嫁的女儿，更好像是出征的儿子。

两个月前，中国第一艘航母“辽宁号”正式诞生，震惊世界。但航母是什么？它是以舰载机为主要武器并作为其海上活动基地的大型水面舰艇，是移动的机场，舰载机才是真正的战斗力！

说起舰载机的历史，国人真是汗颜啊，整整迟到了 100 年！

1912 年 5 月 2 日，英国人查尔斯·萨姆森第一个从航行中的战舰上起飞。第二次世界大战中，舰载机被广泛应用，特别是在太平洋战场上起到决定性作用。从日本海军偷袭珍珠港，到双方舰队自始至终没有碰面的珊瑚海海战，再到决定命运的中途岛海战，无不如此。

1990年爆发的海湾战争和2003年爆发的伊拉克战争，美国尽管在中东没有足够的陆上机场，却依然能够利用其舰载机群进行主要攻击。

那时，全世界所有航母上的舰载机数量在1250架左右，其中美国超过 1000 架，俄罗斯、英国和法国排列其后。而中国呢，还是一片空白。

如今，这第一架，就要横空出世了。

美国媒体曾公开断言，中国的舰载机最少要两年后才能上舰。

而现在，才仅仅两个月。

他微微地一笑，忽地感到一团雾茫茫的困倦倏然袭来……

## 三

自从投身这一片温热而浩瀚的海洋，他就再也没有回头。

20世纪80年代，国家倾力于经济建设，军工萧条。好多专业人才下海了，转行了，可他依然坚守。趁着清闲，他自学俄语，每天抱着收音机听读，还试着翻译俄文军事资料。后来，他干脆又考回母校，读全日制研究生，专业更是飞机设计。

20世纪90年代之后，军工航空的春天终于来临。

那个时候，他重点研究飞机座舱，侧重于舱盖玻璃和金属的老化、疲劳问题。高空高速中，气流温度接近190℃，材料选用至关重要。为了快速筛选，需要到广州和海南做试验。试验是在强烈的紫外线环境中，强度是海南最高值的5倍。由于防护设施简陋，身体的照射时间每天不宜超过两个小时。可他，每天照射5个小时以上，皮肤烤得火辣辣的，生疼。半个月，收获颇多，他脸上虽然全部爆皮了，像一个烧伤病人，可仍然掩盖不住灿烂的笑容。

他在科研上成绩骄人：在国内首次采用气动力分析法进行座椅的适应性分析；率先提出开展透明材料人工加速

老化研究，填补了国内空白；主持了歼–8 系列飞机弹射救生系统重大技术攻关……

各方面的优秀表现，使他一步步走上了领导岗位。10 年之后，他担任了这家国内最大的歼击机设计研究所的党委书记。

2007 年，人到中年的罗阳又肩负更大重任，出任中国歼击机生产基地——中航工业沈阳飞机工业（集团）有限公司（简称“沈飞公司”）董事长兼总经理。

沈飞公司，被誉为“中国歼击机的摇篮”。自 1951 年创建以来，这里创造了中国航空史上的无数个“第一”：第一架喷气式歼击机——歼–5，第一架喷气教练机——歼教Ⅰ，第一架超音速歼击机——歼–6，第一架双倍音速歼击机——歼–7，第一架高空高速歼击机——歼–8，第一架全天候高空高速歼击机——歼–8 Ⅱ……

由设计军机到制造军机，罗阳承担着国家安全的一项特殊的神圣使命！

说起来，罗阳与军机似乎有一种天缘。

有两个数字，真是惊人的巧合：

他出生那一年——1961 年，正值沈阳飞机设计研究所成立。

而他的生日——6月29日,竟然就是沈飞公司的诞生日!

## 四

起床后第一件事，就是细细观察天气。

这，已经是罗阳多年的习惯了。

东方一抹银灰的鱼肚白——晴天，能够试飞！他的心里立时升起一轮太阳，明亮亮的。

8 时整，乘坐直升机，飞往“辽宁号”。

虽然这是第一次登上航母，但他早已通过图像和视频对这个庞然大物进行过千百次的熟悉，所以，对它的雄壮、繁华和先进性并不感到新奇。风大浪急，波涛汹涌，但航母不为所动，泰然辗过喧闹，平稳前行。站在航母甲板右侧高高的舰岛上，凭栏远眺，有一种凌驾万物的感觉。

但不知怎么回事，他总是豪迈不起来。

航母上的起落平台不及陆上面积的 1/10，且处于运动状态，舰载机要实现平稳且精准的起降，其难度远高于岸基。根据美国海军的说法，飞行员在航母上降落时的紧张程度甚至要超过空战的时候。

有关资料显示，几十年来，为了舰载机的成功起降，美国曾损失上千架飞机。

一条极危险的血路，一次刀尖上的舞蹈。

这，正是他最揪心的。

## 五

现代化战争，制空权的重要性不言而喻。而在这个领域里，常规军机可以购买，通用技术可以借鉴，最高尖的核心技术定然是国家绝密。

当时，世界上服役的舰载机主要有美国 F–18、俄罗斯苏 –33、英国“鹞式”和法国的“阵风”。中国选择与其处于同一平台的歼–15 作为舰载机进行自主研制，无疑是一个巨大挑战。

中航工业集团牵头，以沈阳飞机设计研究所和沈飞公司为主体，组成精英团队，联合攻关。

按照常规程序，设计单位应在完成设计定型之后，再将生产定型的任务交给沈飞公司。

但是，为了提高效率和速度，罗阳另辟蹊径。他力主打破先设计、后制造的老规矩，将两个单位的研制人员整合为一个“飞鲨”团队，不分你我，不分先后，联合设计，联合制造。

客观地说，制造单位与设计单位是一对矛盾体。设计者惟愿立足技术最前沿，而在工艺水平相对落后的我国航空制造界，设计意图很难完全工程化实现。

但作为新机研制现场总指挥的罗阳，总是给上游最大的创新空间。研讨设计方案时，他很少要求修改以降低制造难度，反而总是鼓励大胆设计，加工制造时遇到困难，他再去攻关。

“你们怎样设计，我们就怎么干！”这是罗阳常说的一句话。

制造一辆时速 200 公里以上且性能稳定的高级轿车，其难度系数是多少？而制造一架时速 2000 公里以上且性能稳定的舰载机，其难度系数又是多少？

老天知晓！

“工欲善其事，必先利其器。”这些年，在罗阳的主持下，沈飞公司已经逐渐拥有一整套国际先进水平的飞机装配、整机试验、可靠性试验、飞行试验的技术、设备和制造生产线，特别是在钛合金机械加工和大型复杂结构件的数控加工等方面已达到世界一流水平。

但是，千千万万个难关和险隘，横亘面前……

这里是高科技的极顶，是人类的至高玄奥，又是一个绝密的军事禁区！

所以，作为一个写作者，我无权窥探其中，也无法向读者描述，更不能臆想。

但，我们可以想象，想象那个邈远而神奇的高空世界。

## 六

舰载机的第一次公开起降训练，将由军方飞行员完成。

由于此次任务特殊，世界关注，军方人员、航空界高层及新闻界代表都将亲临现场。所以，军方只邀请罗阳一人作为沈飞公司的代表上舰工作。

这样，他的担子更加重了。

虽然训练任务由军方执行，但作为研制现场总指挥，作为“孩子”的“父亲”，他必须对一切结果负责。

在这几天里，他不得不亲自检查全部机舱，查对数据，并对相关环节全面监测。

他拿着一个小本，日日夜夜地记录着和计算着那些只有他明白的密密麻麻的数据……

由于工作紧张和不习惯舰上生活，他睡眠严重不足。

嘴上的口疮时时蹿火，麻麻刺刺地疼痛，疮痂渐次扩大，像一枚风蚀的葡萄干。

## 七

新机试制部工程师韩崇杰的右脸颊上有一个红包，罗阳发现了。

飞机车间里，竟然还有小飞机——蚊子。

当天，他安排给车间所有人配上了花露水。

一位老技师患有糖尿病，他专门安排食堂准备无糖食品；深夜，看到车间人员加班，他叮嘱后勤一定要准时送餐；进入冬季，他又给外场人员每人配发了一个暖手宝。

罗阳说，越是大干，越不能忽视大家的身体健康。

过去，除了特殊工种，沈飞人每 3 年体检一次。罗阳决定扩大员工体检范围，缩短体检间隔。从 2011 年开始，职工们每年体检。

对于“飞鲨”团队和特殊工种，罗阳请医生每周二上午到各个生产现场，为大家量血压，做心电图，随时检查身体状况。

从此，沈飞人的身体不仅有“年检”，还有了“周检”。

可他自己，却有两年没有体检了。

罗阳是一个极简朴的人。

他家住在家属院的六楼，没有电梯，是20世纪90年代初期的老房子。装修呢，仍是当年的模样，客厅的8盏莲花灯，其中3盏从未亮过。最让人惊奇的是，他家的厕所里还是蹲便池，明显落后于时代。

这些年来，他一直佩戴着一块卡西欧运动手表，表带是黑色布制的，边缘已经磨损，露出白色线边儿。他用碳素笔描成黑色，继续使用。

他惟一的爱好，就是待在各个车间里。

公司的工作服是一件海蓝色夹克，他常年穿在身上，即使到北京开会，也从不穿西服。不是不穿，是没有合身的。长期缺少锻炼，使他原本标准的身材略微发胖，过去的西服不合身了。

有一次，省里开会，明确要求着正装。没有办法，他只得委托秘书上街买了一套，1390元。

开完会后，这套西服就闲置了，挂在办公室里，只在会见外宾时穿一下。

他就是一个工人。

一个最特别而又最普通的蓝领工人。

采访时，罗阳的秘书给我讲过一个故事：

中秋节，他去看望母亲。父亲7年前去世了，他是惟一的儿子。他坐在床边，与母亲说话，不知不觉中，竟然斜靠在床上睡着了。秘书在客厅看电视，长久地听不到声音，感觉有些异常，便往里面看了一下。只见母亲轻轻地拉着罗阳的手，静静地看着他，不忍松开。屋里面，飘浮着他低沉而香甜的鼾声。他太累了！

好一会儿，罗阳猛然醒来，不好意思地笑一笑，告别。

## 八

23日早晨，6时。

罗阳爬上甲板，看天气。风小了，雪也停了，天边露出了丝丝缕缕的霞光。

今天，将有两架歼-15公开训练。

8时30分，舰岛上和甲板上聚集了数百双焦渴的眼睛。全副武装的飞行员端坐座舱，等待起飞信号。

头戴帽盔，身穿黄色外套的飞行助理经过细致的观察之后，下蹲屈身，左手握拳放于背后腰际，右臂上扬，指向前方。

飞机快速滑行，呼啸而起，直刺长空……

罗阳的心，猛地高悬起来……

## 九

制造车间的墙上，有一行字特别醒目：一手托着国家财产，一手托着战友生命。

某系统偶尔出现一次渗油现象，他们最终发现是由于胶圈沿用老标准，未达到新工艺要求。及时转换标准后，大家以为事情可以画上句号了，他却“小题大做”，召开质量大会，领导班子成员和1万多名员工，手持剪刀，一起动手，剪碎了剩余的两万多个老胶圈。

还有一次，某关键部件出现瑕疵。罗阳坚持这样的错误不可原谅，从分厂厂长到车间主任，一撤到底。

拦阻系统综合试验时，有一个部件出现故障。有人认为，这只是一次偶然事件，更换部件就行了。罗阳说，绝不能这么简单下结论，对故障原因不能有一丝一毫含糊！他连夜启动全系统普查，进行对比分析，最后发现，故障确非偶然，原因在于对设计思想理解不到位，造成产品存在不确定因素，如果只是简单处理，就会留下致命隐患。

罗阳始终盯在现场，经过几天几夜攻关，这个部件重新研制，达到了完全可靠。

他揉着红肿的眼睛，开心地笑着："这才是我想要的。"

从此之后，生产中无论出现什么故障，罗阳都会严厉地说："要找出原因背后的原因，问题背后的问题！"

是的，对于罗阳来说，所有的努力，结果没有及格和优良，只有满分或零分。

满负荷运转，超极限爆发。

武器系统、火控系统、通信系统、动力系统，起落架、机翼折叠、阻拦钩等等关键技术……

一个个钉子拔除了，他们日夜兼程！

每每有重大突破，他们也会忘情地庆贺。

只是，他们的庆贺不是在酒店里，而是在办公室里、在楼道里。他们泪流满面，相互拥抱，大喊大叫，歇斯底里。但走出大楼，走出厂区，却又面沉似水，守口如瓶。

他们的痛苦和快乐，不能与亲人分享。

# 十

9 时 03 分，一架歼-15 飞临航母上空。

大家指着那个时隐时现的黄色斑点，兴奋地小声议论着。

罗阳仰起头，瞪大眼睛，心脏剧烈地跳动着……

甲板上的飞行助理用手势指挥着，舰上的降落指示灯也在闪闪烁烁地提示着。

1000 米，500 米，200 米，越来越近了。飞机进入环型航线，降低高度和速度，放下起落架、襟翼和空气减速板，伸出阻拦钩……

发动机的轰鸣震天撼地。而罗阳与它的距离，不超过 20 米。

巨大的战机扑向甲板，尾钩牢牢钩住阻拦索。一阵狂飙，飞机瞬间降速至零，像鹰爪抓枝，稳稳停下，而后折叠机翼，缓缓地向指定位置靠拢……

这个场面，那么熟悉，宛若在影视里。不！那是他 20 多年前在美国亲眼目睹的。

人群顿时欢呼起来。

50 分钟后，第二架歼-15 再次成功着舰。

17 时，罗阳参加总指挥部例会。他拿着厚厚一摞数据表，认真审阅。机械系统，正常！电传系统，正常！液压系统，正常……

## 十一

从设计发图，到新机下线，歼-15 创造了中国航空史上研制速度的奇迹。

但是，如果你认为罗阳只是完成了一个歼-15，那就大错特错了。

他是多个型号的研制现场总指挥，歼-15 仅是其中之一。只是由于保密原因，我不能深入采访。但我坚信，每一个型号的背后，都是一串惊心动魄的故事。

那 5 年，沈飞公司研制了超过过去 50 年总和的新机型。从陆基到舰载，从三代机到四代机，托举了中国歼击机研制生产的半壁江山。

另外，沈飞公司的民用飞机生产任务也同样繁重，每天都会有一架飞机出厂。而民用飞机，同样容不得半点瑕疵。

安全生产、工艺创新、严防泄密、国家责任、竞争世界……

一座座大山，压在肩上，压在心头。

数万个零件，经过几千道严密的工序，构成一个个整体，联成一架架飞机，最终将飞出厂房，飞向高空，以 2.3 马赫的速度，巡航领空，保卫国家。

他们是一群什么样的人？

作为这个群体的领导人，罗阳又是一个什么样的人！

## 十二

24 日上午，继续进行歼-15 起降训练。

今天，进行 3 个架次。

又是3次过山车般的惊心动魄。期盼、焦急、紧张、兴奋，波峰波谷，大开大合……

12 时 03 分，参加本次训练的最后一架飞机成功着舰！

将军和列兵，专家和员工，所有的人，纷纷拥上甲板，忘情地握手、拥抱、流泪、手舞足蹈……

平时内敛的罗阳，此时再也控制不住自己，涕泗滂沱，泣不成声。他面对大海，放声呐喊："我们的孩子，成功了！成功了！"

当天下午，亢奋中的罗阳致电岸上的几位副手，通报喜讯，并特别嘱咐一定要办好明天的庆功宴，要喜庆、隆重。

这时，他想起了妻子，便打去一个电话，平静地告诉她活动结束了，放心吧。

“你在哪里？”妻子问。

“我明天赶到大连，晚上回家。”

妻子和母亲，是他事业最坚定的支持者和知心人，却从来不是知情人。这么多年来，她们仅仅知道他在研制飞机，而进一步的内容，他从来不说，她们也从来不问。该公布的，国家自然会公布，看电视新闻吧。

罗阳是什么时候开始发病的，已经没有人能够知道。

他的异常，是在第二天早上返航时出现的。码头上锣鼓喧天、彩旗飘舞，所有的人都在狂欢，只有他一反常态、无精打采，特别是嘴角大片的疮痂，像一颗干瘪的黑枣，让人格外触目惊心。

但是，即便如此，谁也没有多想，谁也不会多想。大家都在忙于准备庆功宴，只是以为他近日太过辛苦，需要休息。

这次盛宴，由沈飞公司在大连主办，下午 4 时开始。是啊，这是中国航空界多年的渴望，这是中国军工业重大的突破。这实在是一个特别值得庆贺、值得铭记的日子！

谁也想不到，仅仅半小时之后，他病情发作。

立即送往大连友谊医院！

两个小时后，宣布不治。

医院公布的结果：急性心肌梗死、心源性猝死。

一切，竟是这么突然！

## 十三

罗阳的猝然去世，让所有人感到意外。

他正值壮年，爱好运动，体质良好，向来没有检查出什么病症。于是，大家不得不想到了他近几年的过度疲劳和心理压力。特别是今年，尤其是最近。

且看他临终前3个月的行程：整个9月和10月，都在忙于另外两个重点型号的研制任务。这是两项和舰载机同样巨大的工程，提心吊胆，夜以继日；项目成功后，未及休整，8日即直赴珠海，参加第九届中国国际航空航天博览会；17日傍晚返回沈阳，没进家门，就连夜赶往基地；第二天早晨，又马不停蹄地登上了“辽宁号”。

医学专家进一步分析，罗阳的生理和心理长期处于亚健康状态，再加上刚从珠海归来，马上置身于冰冷的北国海上，两地温差达到40多摄氏度，血管骤冷骤热。还有，海上的不规律生活和巨大的情感起伏，更加剧了这种失衡……

即使是钢铁，也有疲劳限度，超过承载，就要断裂。罗阳本人就是研究金属疲劳的专家，却没有意识到自己的身体问题。

这是一个遗憾的疏忽，这是一个罕见的偶然，却不幸发生在了罗阳身上。

为了在遗体僵硬之前换上一件正装，让他体体面面地上路，伙计们在他的行李箱中翻找。没有西服领带，只有那一件海蓝色夹克。

这件工装，原本就是他准备出席庆功宴会的最体面的礼服。

伙计们面面相觑，再次号啕大哭。

于是，大家一起动手，把这件他最喜爱的海蓝色，穿在他身上。

这是他最深的牵挂，这是他永远的梦想！

## 十四

庆功宴前，大将倒下。

现场的气氛，骤然由大喜转至大悲。原本丰盛的晚宴，顿时索然无味，草草收场。

当天傍晚，中国航空工业集团公司董事长林左鸣率各路大员，护送罗阳遗体从大连返回沈阳。原定直接送往龙岗殡仪馆，但沈飞公司和沈阳飞机设计研究所的战友们，坚决要求他们的罗阳最后一次回家看看。于是，大家决定，遗体在厂区内绕行一圈。

当车队进入沈飞公司大门时，已是晚上 8 时。

长长的试飞跑道上，没有一盏灯，黑黑的。大家自觉地把上千辆私家车整齐地排列在跑道两侧，打开大灯，照亮着他回家的路。那一夜，雪花飘飞，银屑满地。上万人默默无语，泪流满面……

灵车驶出厂区之后，突然有人想起了罗阳母亲。79 岁的老人家只有这一个儿子，而罗阳更是一个大孝子。这最后的时刻，应该让他们母子见一面啊。

于是，大家紧急商议：让罗阳轻轻地从母亲的窗外走过，悄悄地看一眼。

于是，浩浩荡荡的车队，熄灭大灯，禁止鸣笛，蹑手蹑脚地行驶着。

罗阳母亲就住在三楼，就是临街的那一扇窗，里面灯光明亮，笑语喧喧，电视里正在播放庆典晚会。老人家已经从儿媳处得知儿子今天晚上就要回家的消息，正在满心喜悦地等待着。她多么祈望儿子的平安归来啊，多么希望疲惫的儿子能躺在自己的床上，像婴儿一样酣酣地睡觉、打鼾，而她，就那样静静地看着儿子，看着儿子……

但是，可敬的、可怜的母亲啊，您不知道，您的儿子此时就在窗外，就在窗外，只是，只是他已经永远永远地睡着了……

## 十五

2012 年 11 月 25 日，中国官方正式宣布："辽宁号"航母已经顺利完成舰载机起降训练任务，舰机适配性能良好，达到设计指标要求。

至此，歼-15 舰载机终于拨开神秘的面纱，展示在世人面前。同时，这也表明，作为中国自行设计研制的首型舰载机，歼-15 已经完全具备与世界各国现役舰载机并驾齐驱的能力！

罗阳陨落了。

但他的梦想已经起飞。

他的笑容，他的笑声，洒满了中国的万里空疆！

祖国，终将铭记那些忠于祖国、奉献于祖国的人！

## 声如千骑疾　气卷万山来

2012年9月25日，001型航母正式交付中国海军，命名为“中国人民解放军海军辽宁舰”，舷号为“16”。从这一天开始，我国有了自己的航母，海军建设进入崭新篇章。

2019年12月17日，我国第一艘国产航母正式入列，命名为“中国人民解放军海军山东舰”，舷号为“17”。辽宁舰从此“脱单”，双航母一起守卫祖国海疆！

2022年6月17日，我国第三艘航空母舰举行下水仪式，命名为“中国人民解放军海军福建舰”，舷号为“18”。这是我国完全自主设计建造的首艘弹射型航空母舰。

从辽宁舰正式交付中国海军，到国产航母山东舰加入海军战斗序列，再到如今我国完全自主设计建造的福建舰，中国海军已经跨入航母时代整整10年时间，已经从近海走向远海，从蔚蓝走向深蓝，成为捍卫国家主权、维护海洋权益的“海上长城”。

“兵者，国之大事，死生之地，存亡之道，不可不察也。”从鸦片战争开始，西方列强利用坚船利炮强迫旧中国签订的不平等条约多达 750 多个。

目光穿越历史的烽烟，中国近代史上的一次次“锥心之痛”，被习近平总书记反复提起：“军事上的落后一旦形成，对国家安全的影响将是致命的。我经常看中国近代的一些史料，一看到落后挨打的悲惨场景就痛彻肺腑！”

2012 年 11 月，习近平主席主持新一届中央军委第一次常务会议时就鲜明提出：始终以改革创新精神开拓前进，深入推进中国特色军事变革，努力夺取军事竞争主动权。

2012 年 12 月，浩瀚的南海波飞浪卷。习近平主席先后来到海军南海舰队海口舰、某集团军和广州军区机关考察：“实现中华民族伟大复兴是中华民族近代以来最伟大的梦想。我想说，这个伟大的梦想，就是强国梦，对于军队来讲，也是强军梦。”

蓝图绘就，路标竖起。一场我军历史上力度、深度、广度空前的整体性、革命性变革，在中国大地蓬勃展开。

军队政治面貌焕然一新。党中央和中央军委狠抓全面从严治军，果断决策整肃人民军队政治纲纪，在古田召开全军政治工作会议，对新时代政治建军作出部署，恢复和发扬我党我军光荣传统和优良作风，以整风精神推进政治整训，全面加强军队党的领导和党的建设，深入推进军队党风廉政建设和反腐败斗争，有力重塑了军队政治生态。

军队改革成绩巨大。党提出改革强军战略，领导开展中华人民共和国成立以来最为广泛、最为深刻的国防和军队改革，重构人民军队领导指挥体制、现代军事力量体系、军事政策制度，形成了军委管总、战区主战、军种主建新格局，有效解决了制约国防和军队建设的体制性障碍、结构性矛盾。

军队作战能力显著增强。紧紧扭住战斗力这个惟一的根本标准，扭住能打仗、打胜仗这个根本指向，大力实施科技强军战略，建设创新型人民军队，建设强大的现代化后勤，国防科技和武器装备建设取得重大进展。

在陆战沙场，新一代武装直升机、新型陆战装备加速列装，无人驾驶车纵横驰骋；在广阔空天，新一代北斗导航卫星闪耀苍穹，空军主力战机以前所未有的速度迈进歼-20、运-20领衔的“20”时代；在万里海疆，首艘国产航母下水，海军主力战舰以“下饺子”的速度更新换代，某新型智能化水雷被成功猎扫；在深山密林，中国“东风”系列战略导弹惊艳全球……一个个“国之重器”横空出世，一项项“硬核创新”捷报频传，科技创新的伟大成就极大地推动了军队发展，提振了国人自信。

党的十八大以来，在党的坚强领导下，人民军队实现整体性、革命性重塑，重整行装再出发，国防实力和经济实力同步提升，一体化国家战略体系和能力加快构建，建立健全退役军人管理保障体制，国防动员更加高效，军政军民团结更加巩固。人民军队坚决履行新时代使命任务，以顽强斗争精神和实际行动捍卫了国家主权、安全、发展利益。

# 2014

国内生产总值达到 63.6 万亿元，比上年增长 7.4%，在世界主要经济体中名列前茅……

新产业、新业态、新商业模式不断涌现……

这一年，在以习近平同志为总书记的党中央领导下，我们大刀阔斧全面深化改革，一些久未突破的改革强势推进，一些酝酿多年的改革举措接踵出台，激发了转型发展的深层动力。

这一年，我们以“有腐必反”的坚强决心、“严字当头”的勇于担当，涤荡党风政风，净化政治生态。

这一年，我们扬帆致远，开创外交新局，“一带一路”联通四海，雁栖湖水拥抱五洲，展现出鲜明的中国特色、中国风格、中国气派。

生活总是充满希望的，成功总是属于积极进取、不懈追求的人们。

——摘编自2015年《人民日报》元旦献词《为明天共筑长青基业》

# 寻找“红衣姐”

吃完早饭，她去缴纳社保金。

出门时，竟然鬼使神差地穿上了那件崭新的红上衣。她已经好多年没有这般心情了。

镇上的社保所，就在她居住的小巷口。小巷里挤满了一棵棵粗大的芒果树，蓊蓊郁郁、密密匝匝，仿佛童年斑斓的记忆，宛若青春蓬勃的梦想。

小榄，是中山市的一个镇，毗邻深圳、香港、珠海和澳门，以盛产菊花闻名，更是珠三角的工商重镇。一座小镇上，并立着六七家上市公司和 20 多个“中国驰名商标”厂家。

不啻说，这是一个比较富裕的地方。

但是她啊，却是一个苦命女人。

1959 年，她出生于当地一个偏远农村。少女时期，她是村里最漂亮的姑娘，人见人爱。只是家里太穷了，兄妹五个，她是老大，又是女娃，初中没毕业，她就回家种田了。和大多数农家姑娘一样，她，也殷切地向往城里的光鲜生活呢。

1985 年，经人介绍，她嫁给了小榄镇上的何汝标。丈夫在一个建筑队上班，没有多少文化，只是拥有城镇户口。这在当时，似乎就意味着幸福。

结婚那天，鞭炮铿铿，锣鼓锵锵。父母陪送的嫁妆，除了几件衣被，只有一个折叠沙发。她穿得红红的，心里美美的。那一天，她终于吃到了菊花肉。那是小镇的名吃，也是她的最爱。

嘴里香香的，心里甜甜的。未来，也会如此香甜吧。

可是，她错了。

## 一

缴纳社保金的人太多了，队伍又宽又长。看来，即使在这里，也是低收入家庭居多啊。

她叹一口气。回去吧，反正自己最富裕的是时间。

婚后，她和丈夫居住在一间狭窄的小屋内。那是婆家分给的惟一财产。

几年后，两个儿子相继出生。生活，变得愈发艰难起来。更艰难的是，随着社会变化，国有企业纷纷改制，丈夫下岗了。原来引以为豪的城镇户口，已经贬值。

最可怜的还是自己，既没有城镇的户口，也没有农民的土地，更没有分文的收入。

那些年的苦日子，真是羞于言说啊。家里连一台电视也没有，孩子们的童年里，没有玩具，没有春晚，没有铁臂阿童木。

后来，她和丈夫把住房一分为二。临街开起一个小吃店，经营最简单的饭菜。另外，还买来一台电磨，加工大米，做米浆、米粉，或酿酒。经营面积呢，只有 10 多平方米。

这，大概是中国最小的饭店吧。

更说不出口的是，全家四口人，只能挤在一张床上。

小店的门口，是一条小河，鱼儿嬉戏，历历可数。河水清清，流动着黑黑白白的日子……

## 二

她继续往回走着，拐进了小巷里。

前些年，这里开办了各种各样的饭馆、美发店，热闹得像集市。霓虹灯闪烁着诡谲的光，给这座城市的富足和欲念，涂抹上了一层别样的色调。

她和丈夫决定也扩大规模。他们把家底全部押上，又借款 5 万元，把原来的房屋拆除，重新盖起一栋上下两层的楼房：80 平方米，上层居住，下层经营。

这样一来，生意比以前好些了。

但是，不知从什么时候，门前的小河浑浊了，鱼儿消失了。一年四季，每每有浓浓的腥臭纠缠小店。她感觉，这日子，越来越变味儿了。

5 年前，因为环保和旧城改造，小吃店关闭。

似乎是转眼间，两个儿子长大了，先后考上大学，一个在广州，一个在中山。每年的费用，要两万多元。而家里的外债，还没有还清呢。孩子开学的日子，都是她最尴尬的时候。

丈夫老实、木讷，没有技术，只得去做“摩的佬”。而她呢，不得不去捡废品。

不消说，她是小镇上贫穷的人！

某一天，猛然发现，镜中的自己，已是鹤发鸡皮。

满腹惆怅，霎时肿胀成一座城池。忽地，又像一枚熟透的芒果摔落，哀艳艳，破碎一地。

唉，一掬酸泪，祭奠青春。

## 三

现在已是早晨 9 点半了，小巷里仍然空空荡荡。人们或在安睡，或在吃早茶。小镇的人啊，总是那么悠闲。

她常常在这儿拾废品。刚开始不好意思，慢慢地也就无所谓了。这世界嘛，干什么的都会有，你开奔驰，我骑单车，各行其道，自得其乐。塑料瓶、废报纸、旧纸箱，都是她的宝贝呢。唉，这些年，什么价格都上涨，只有废品在降价。一个塑料瓶，过去卖 1 角，现在只值 5 分；一斤废报纸，以前售 1 元，眼下只卖 8 角。

可别小看捡废品，每月都有 100 多元进项呢。这，正好是全家的菜金。

她也感谢这个小巷。这是她的领地啊，每天产生那么多的废品，那么多的财富。

夏天太热了，总是出汗。可她，从未买过一瓶矿泉水。有时候，看看街边商铺里芳香四溢的菊花肉，嘴巴馋馋的，肚子咕咕叫。但这时，她马上就痛骂自己：猪婆，一盒菊花肉 50 元，勿要乱想！

于是，摇摇头，默默走开。

日子灰灰暗暗，总感觉有一群蝙蝠，在头顶上盘旋……

## 四

一个黄衣男子驾驶摩托车飞奔而来，急火火的，似有天大事件发生。丈夫有时候也这样毛毛躁躁，她总是嗔怪呢。

突然，“啪”的一声，男子口袋里掉下一沓钱。红花花的，洒落一地……

社区干部调查走访后，为自己一家办理了“低保”，还为她安排了工作，在一家商场当清洁工，每月 1400 元。

自己的工资，正好是大儿子的学费和生活费。而丈夫的辛苦，又可以供养小儿子。

两个儿子长大了，个头超过了丈夫，再也不愿意与自己睡在一张床上。于是，他们打开折叠沙发，挤住在客厅。

常常地，儿子会开玩笑：“妈妈，咱们家的生活水准，绝对不亚于李嘉诚。”

她和丈夫，面面相觑，不解其意。

儿子的意思是，大老板吃厌了海鲜大肉，回到家里，多吃萝卜青菜。而这些，正是他们家餐桌上的“主角”。

但，儿子毕竟是大学生，又是孝顺仔，马上又说：“咱们家虽然穷，却能培养出两个‘厅长’呢。”

她更纳闷了。

儿子哈哈一笑：“我们常年住客厅，不是‘厅长’吗？你更厉害，是两个‘厅长’的妈咪。”

她猛然喷饭，爆发出难得的笑声。

她已经好多年没有如此开心了。

只是少顷，笑容又像干枯的蒜皮，纷纷扬扬地飘落下来……

## 五

她惊呆了，看着地上散落的钞票，足有上万元。

她大喊：“老细（老板），老细，丢钱了，丢钱了！”

可，“黄衣男”戴着头盔，根本听不见，风一样，跑远了，像在躲避一个抢劫的盗贼……

说起来不好意思，一直到前几年，家里才有了一台电视。那是亲戚淘汰的旧物，值不了几十元。还有冰箱，更是20世纪80年代生产的“东芝”。全中国，也许找不到第二台了。

平时，她在商场做清洁工，每天8小时，拖地、扫地、装货、卸货。业余时间，就是捡废品。

废品就放在楼下关闭的小吃店，有上万个瓶子，数千斤纸箱和报纸。她盘算着，如果涨价，一定能卖出一个好价钱。别人在炒股票、炒房产、炒黄金，而她，在炒废品呢。哪怕每斤上涨5分钱，她的储藏也能多赚几百元呢。那是她，最热切的梦想。

还有那台电磨。邻居们来磨米，每次都会留下三两元。

小巷里，弥散着米粉和米酒浓浓淡淡的香甜。那是南国的味道，生活的味道……

## 六

她的双脚，紧紧地踩住钞票，惟恐被风偷去，被人抢去……

她瞪大眼，呆呆地站着，不敢弯腰，双手死死地按住身上装有自己社保金的口袋。她害怕混淆，说不清楚。唉，这个善良的女人啊。

大儿子去年毕业，到一家灯饰厂打工，每月竟然拿到2800元，是自己的两倍。儿子有知识，有技术啊。

前些天，儿子悄悄告诉她，自己喜欢上了一个姑娘。

一想到娶媳妇，而且要娶两个，她的头就发胀了：哎哟哟，受不了，受不了，那需要多少钱啊。

## 七

足足过了5分钟，“黄衣男”终于急火火地跑回来了。

她还在那里站着，直挺挺的。

她吼道：“你带这么多钱，为什么不小心？喊得我喉咙疼，站得我腰板疼。”

20多年来，在人前，她总是自卑，畏畏缩缩的，像刺猬，像含羞草。而现在，那么理直气壮，堂堂正正。这在她的人生中，绝对是第一次。

“黄衣男”的脸，羞得红彤彤，蹲下去，低着头，快快地捡钱。

“你的钱一张也没有丢！你慢慢捡吧。”她再次大声说，那么笃定。

说完，她就转过身去，走了，走进了小巷深处。像一尾小鱼，哧溜一下，游进了水底……

这件事，就这样过去了。压根儿，也算不上什么新闻。

我们的身边，每天不都在发生着这样细细碎碎的故事吗？这就是平平常常的日子啊,这就是原汁原味的生活啊！

只是，事件现场附近的阳台上，正好有一个看风景的人。他目睹了这一切，感觉好奇，便掏出手机，顺手定格了这一瞬间。

这一举手之拍，便使得原本的风平浪静，惊起了满城风絮。

## 八

这位不知名的旁观者，虽是有心人，却不够专业。他只是拍到了背影：一个穿红上衣的女人，双脚踩住钞票，等待失主到来，而后悄然走开。

这是一个自媒体的时代，人人都是记者，手机有时就相当于报纸。

照片在微博发布之后，最开始，只有他的朋友圈关注，几个人，最多几十个人。但，谁也没有想到，很快，就产生了剧烈的蝴蝶效应。是啊，这件事虽然平常，却又不平常，在这么一个充满物欲的社会生态中，在一个看重金钱的南方小镇上，却发生了这样一件温馨小事。真情！暖人！

于是，朋友们手指一点，转过来，传出去。

于是，小镇上的数十万根手指，不谋而合地揿动着同一个程序……

一颗心，感染另一颗心；一群人，感染另一群人。这股热流，一夜之间，蔓延了小镇，成为人们当天晚餐的热议。

第二天早晨，这则消息，赫然登上了本地报纸。

这一来，风声更大了。

这是一个信息时代啊，人与人之间，相距那么远，又那么近，人心那么冷漠，又那么热切，那么敏感。敏感得，就这么一件小事，却把全城人的心，悉数激活了。

似乎是，人们一下子又变得简单起来，真诚起来。

于是，小镇上的20多万人群情激奋，纷纷感叹，纷纷呼吁，要求官方出面，把这个“红衣姐”找出来！找——出——来！

而我们的主人公，根本无意识。

她只收旧报纸，不看新报纸。

这股风，越刮越猛烈。第二天中午，已经成为全城的呐喊。以至于，镇政府不得不决定，借助公安，循着街头沿途监控，全城搜寻。

这个“通缉犯”，似乎在刻意地玩悬疑、躲猫猫。她只留下一个红色的背影，像一簇火苗，又像一团迷雾。

数个监控摄像显示，这簇火苗、这团迷雾，在社保所门口，露一下头，撤出；离开事件现场，向小巷走去；而后，拐进了一条河边小路。再往后，就彻底消失了……

当天下午，当地多家媒体和镇政府一起，组织数十个人，开始在附近地带进行地毯式搜寻。他们把所有晒红衣服的家庭都问遍了，把所有的门板都敲响了……

傍晚时分，仍然没有踪迹。

大家有些失望了。

此时的太阳，如同一个没落的君王，在迷乱的云层中沉降，最终被吞噬净尽。天空，陡然颓败成一片雾霾般的铅灰。

## 九

她家的小楼临近河边，屋门紧闭着，像一张缄默的嘴巴。

一位阿婆前来磨粉，敲门，无声，便大喊：“阿娣，阿娣，磨粉呢。”

“好呢……”门开了。她，喜滋滋地探出头。

这时，正在河边愁烦的记者发现了她，急忙跑上前：“阿姐，你认识这个人吗？”说着，打开报纸，举到她面前。

她一看，惊呆了：“你找她干吗？”

记者敏感地捕捉到了她脸上的“闪电”：“阿姐，这是你吗？我们是记者。”

她吓得脸色煞白：“出了什么事？”

记者已经认出她，上前一把抓住，惟恐跑掉似的：“终于找到你了！”

她更害怕了，浑身颤抖，惊骇万分：“是不是钱少了？妈祖做证，我没有拿，我连腰也没有弯一下！”

“阿姐，不是的，不是的。你误会了！”

一会儿后，她开心地笑了，笑成了一朵花——菊花。

那是小镇的象征！

## 十

当晚，大儿子打来电话：“红衣姐，你真棒！”

而小儿子，则戏谑道：以后称呼要变一变，不唤妈，改称姐，红衣姐，哈哈。

半夜时分，“摩的佬”也回来了。昨天以来，他的手机也频频收到类似信息，他也在密切关注小镇上的这一“突发事件”。只是，他万万没有想到，事件的主角，竟然就是自己的老婆。今天，他的生意格外好，赚了70多元。回家的路上，他狠狠心，用全部的收入、全身的豪气，买下了一盒上等的菊花肉。他双手高捧着，敬献给自己一生一世的爱人：“红衣姐，给你！”

她一时无语，脸色竟然羞红，像新婚。

自己的丈夫啊，还是那个老实人、闷头货，但是蛮可爱的。那是她的最爱，那是她的生活——踏踏实实的生活！

是啊，生活正在变得好起来。自己的工资，上个月已经涨到了2000元；门口的那条小河，也在渐渐清澈起来，小鱼们又回来了；儿子的对象基本确定了，这件红上衣，正是女孩前几天主动送她的；还有，楼下堆积如山的废品，更是“潜力股”呢。

小巷里的芒果树，在悄悄结果。小小的青胎，像一个个感叹号，像一枚枚宝葫芦，更像一颗颗普普通通，却又朴朴实实的心……

是的，不能成为一棵大树，做一株小草也好啊，只要心是绿的。

只要拥有一颗翠绿的爱心，自己，就不是穷人！

我们的主人公，名叫冯欢娣，系中山市小榄镇新永广场的清洁工。

这个故事呢，发生在2014年6月。

## 立德铸精魂　凝心聚大力

人无精神不立，国无精神不强。一个国家昂扬前行，离不开强大的精神支撑；一个民族生生不息，离不开丰润的道德滋养。

党的十八大以来，以习近平同志为核心的党中央高度重视社会主义精神文明建设，把培育时代新人、提升社会文明程度作为一项重要工作常抓不懈，作出推进新时代文明实践中心建设等一系列凝魂聚气、强基固本的战略部署。

中宣部、中央文明办紧紧围绕新时代文明实践中心建设“做什么、谁来做、怎样做”的问题，坚持试点先行，勇于探索创新，使新时代文明实践中心逐渐成为学习传播科学理论的大众平台、加强基层思想政治工作的坚强阵地、培养时代新人和弘扬时代新风的精神家园、开展中国特色志愿服务的广阔舞台。

树立价值观自信，构筑共同的思想道德基础。对于一个国家、一个民族来说，核心价值观是赖以维系的精神纽带，是共同的思想道德基础。一场场宣讲活动陆续在全国开展，一次次立足基层、丰富多彩的实践活动，扎实推进核心价值观建设进学校、进机关、进企业、进农村、进社区、进家庭。一个个传统节日成为传承优秀文化、加强公民思想道德建设的重要载体。一系列“接地气”的举措，不断加深人们对社会主义核心价值观的理解和认同。

推进文明创建，让人民群众拥有更多获得感。文明城市创建工作在经济、政治、文化、社会、生态文明建设和党的建设等各方面全面推进。城市让生活更美好，广袤的乡村也向着美丽未来进发。从“一处美”向“一片美”，从“环境美”向“生活美”，从“外在美”向“内涵美”，各地在开展移风易俗、整治村容村貌、促进农民就业增收等方面积极发力，让一个个村镇既有绿水青山的“颜值”，又有“金山银山”的价值。

发展志愿服务，凝聚公益友爱正能量。各地有关部门着力把志愿服务与学雷锋有机融合，带动社会各界积极参与，呈现积极健康向上的发展态势。随着志愿服务的项目化运作、专业化发展、信息化支撑持续深入推进，一条条爱的小溪，汇聚成爱心大潮。在一个向上向善、友爱互助的社会里，人们时时处处都感受着“奉献、友爱、互助、进步”的志愿精神传递出的善意与温暖。

高扬道德旗帜，发挥榜样模范和先进文化的引领作用。各地各部门发动基层群众分层推选时代楷模、最美人物、身边好人、向上向善好青年等先进典型，评选各行各业先进人物，充分展现当代中国人的精神风貌。一位位先进典型、一项项道德实践、一次次精神洗礼，绵绵用力、久久为功，营造见贤思齐、德行天下的浓厚氛围，激发全社会的思想认同、情感共鸣和效仿意愿，让好人好事层出不穷，让善行义举蔚然成风。

全国道德模范平均每两年评选一次，分为“助人为乐”“见义勇为”“诚实守信”“敬业奉献”“孝老爱亲”5个类型。自2007年举办评选表彰活动以来，截至目前已举办了八届。2021年11月5日上午，习近平同志在人民大会堂亲切会见第八届全国道德模范及提名奖获得者。会上，68名同志被授予第八届全国道德模范荣誉称号，254名同志被授予第八届全国道德模范提名奖。

一系列文明社会风尚行动，大力普及工作生活、社会交往、人际关系、公共场所等方面的文明礼仪规范，引导人们自觉遵守公共秩序和规则。与此同时，各地各部门强化问题导向，加强对群众反映强烈问题的整治力度，深入开展治理行动和专项教育活动，扶正祛邪、激浊扬清。文明之花竞相开放，行业新风吹遍神州。

这10年来，环境美了，人心暖了，快乐多了……精神文明建设事业走过的历程与取得的成就启示我们，每一个人都是精神文明建设的受益者，更是参与者、推动者。

站在新的起点，肩负新的重任，精神文明建设将焕发更加灿烂的光辉，照亮中华民族的圆梦之路。

# 2015

国内生产总值达到 67.7 万亿元，比上年增长 6.9%，在世界主要经济体中位居前列……

第三代核电技术取得重大进展，国产 C919 大型客机总装下线，屠呦呦获得诺贝尔生理学或医学奖……

这一年，“十二五”规划胜利收官，硕果累累。以习近平同志为总书记的党中央带领13亿中国人民，协调推进“四个全面”战略布局，主动引领经济发展新常态，成功应对重大风险挑战，稳步推动结构性改革，牢牢把握发展主动权，中国号巨轮以稳中有进、稳中有好的矫健身姿劈波前行。全面深化改革蹄疾步稳，经济增长领先全球，从严治党正风肃纪，“三严三实”深入人心，中国特色大国外交全面推进。“9·3阅兵”气势恢宏，2022年冬奥会成功申办，亚投行改变国际金融格局，“一带一路”书写合作共赢篇章，中国人民在历史与未来的交响中昂首阔步，为深刻变革的世界增添正能量。

涓涓的细流，可以汇成壮阔的大海；平凡的脚步，可以走完伟大的行程。

——摘编自2016年《人民日报》元旦献词《新开局要有新作为》

# 女王的金川

昔读《西游记》，犹记女儿国，以为纯属神话荒诞。

不想，竟是史实。据《旧唐书》记载，东女国是公元六七世纪出现的部落群体及地方政权，是川西及整个藏族历史上重要的文明古国。其国都，就在今四川省阿坝藏族羌族自治州金川县境内。

2015年11月，我过路金川，顺便踏访女儿国遗址。无意中，却走进了一个幽深而芬芳的世界……

此地位于青藏高原东缘，归属邛崃山脉和大雪山系，平均海拔2100米，是典型的嘉绒藏族地区。大山巍峨，像将军怒吼，如虎豹雄视，似龟兔赛跑，若羞女掩袖。

沉默无言的，是水。澄澈而温柔的大渡河水，像羊群一样，安谧而乖顺。

一动一静，一刚一柔，阴阳相拥，和谐相顾。大自然按照自己的节奏，就这样千万年地行走着……

这里，确乎是一个被世界遗忘的角落，但也曾经是历史的焦点。1500 年前，这里是东女国的国都；240 年前，这里是乾隆皇帝最大的心腹之患；直到 1956 年之前，这里还是土司的治下。而正是从那时，这里的人们才开始接触汉语。

从金川县城出发，沿大渡河左岸公路向东北方向行走 35 公里，北侧流出一条温静的小河——卡拉脚。沿着河边老树覆盖的水泥路，行进七八公里，豁然开朗。青山、绿水、蓝天，一条宽敞的山间河谷。河谷两侧，稀稀疏疏地散布着一簇簇藏族风情村寨。

这便是卡拉脚乡二普鲁村。

卡拉脚和二普鲁，皆是藏语，意思分别是两山相夹的河沟和行人休憩的地方。

小村有 6 个自然寨，方圆 70 平方公里。面积虽大，人口却少，只有三四百人。

阿措生于1964年，兄妹13人，排行第十。小时候，家里只有两间土楼，下层养猪牛，上层住家人。晚上睡觉，兄妹们统统打地铺。来了客人，父亲便会把他们赶出屋去。

村里小学只有一位汉语老师，那便是小村的启蒙。初中呢，在山那边的乡政府所在地，距小学20公里。

家里太穷了。初中毕业后，阿措拜师学木匠。他上过学，聪明，肯用功，比老木匠的手艺更加精巧。

邻近寨子有一个姑娘，叫俄麦。兄妹6人，四男二女，她最小。俄麦腼腆，不说话，却是一个美人坯子。这几年，她出落得越发山是山、水是水，成了一朵袅袅婷婷的村花呢。

村里的小伙子们睡不着了，常常到她的后窗唱歌。俄麦置若罔闻，任由山歌缭绕。

此地婚俗迥异于他处，以女性为主。家有儿女，留下女儿招婿上门，居住老宅，顶门立户。儿子呢，嫁到女家。

阿措一天天长大，却仍是单身。一天，几个伙伴喝酒打赌，取笑他穷光蛋，讨不上好老婆。

他发誓说，要把村花追到手！

从此，打柴时，阿措经常帮助俄麦。休息的时候，他就在她周围唱歌。但是，任他把满天白云唱成满天彩霞，俄麦仍是沉默，像一朵忧戚的格桑花。

俄麦的身影，像藤蔓一样缠住了阿措的心。渴望，像虫草一样，在心底蠕动。

而她的心，像一泓深潭，水甚清澈，但映了周遭山林的影子，又看不透。

1987 年，机会来了。俄麦的姐姐招婿上门，要建造新屋，聘请阿措执掌木工，每天 5 元工钱。

阿措早去晚归，精心制作。10 天活计，8 天干完。

《旧唐书》称东女国“俗重妇人而轻丈夫”；《新唐书》卷 221《西域传》则记载东女国“俗轻男子，女贵者咸有侍男”。

据考证，东女国疆域包括今四川阿坝茂汶以西，甘孜州巴塘、理塘以北及整个昌都地区，人口 4 万余户。

东女国最突出的特点，就是女性崇拜。国王为女性，男子无权参与。

东女国与唐中央政府保持友好关系。唐高祖武德年间，东女国国王汤滂氏遣使贡方物。唐太宗时曾降玺书以示慰抚。武则天时，册拜东女国敛臂为左玉钤卫员外将军，赐以瑞锦制蕃服。

7世纪前期，吐蕃强大，统一青藏高原。

据专家考证，金川县马尔帮乡独足沟村一带，为东女国王城遗址。

每年6月份的看花节，是村民最热闹的传统节日了。

6个寨子，各扎一个帐篷，里面摆上各家贡献的美食美酒，大家共同享用。

山坡上开满了格桑花、蒲公英、金银花、杜鹃等几十种野花，晃动着人的眼，摇曳着人的心。

大家围坐一起，祭祀之后，便是跳锅庄舞，唱山歌，喝青稞酒……

压轴的节目，是占卜运气：用青稞面粉蒸成日、月、金、银和十二生肖等形状，寓意纷纭。更隐秘的，则是男根与裸女。这是非常古老的性启蒙和性崇拜。

这一切道具，任意摆放在一个平底簸箕里，用布覆盖，让人用竹针刺扎。

单身的男女，是看花节当然的主角。他们会到各个帐篷里，试试手气。

扎中太阳和月亮，最吉利，寓意好运如日月。其次是金、银和十二生肖。如果扎到男根或裸女，尴尬之后，便是大笑。

其实，这便是最酣畅、最原始的娱乐。

那一天，阿措来到了俄麦所在的帐篷。大家似乎看穿了他的心事，都盯着他，起哄。

阿措战战兢兢地拿起竹针，扎下去。

掀开蒙布，竟然是一个裸女。

所有的人捧腹大笑。

阿措有些无地自容。满脸的呆窘，像干枯的蒜皮，纷纷飘落下来。

俄麦的脸，霎时通红。仿佛是，她的心事，一下子被公开了。

俄麦与阿措结婚那天，是 1989 年 1 月 1 日。

仪式，当然在女方家举行。

婚礼本应是隆重的，但两家都是穷人，仪式至简，几近于无。

当天上午，两人乘拖拉机到乡政府领取结婚证。回来后，只办了两桌酒席。酒席的主角，只有每瓶 1.85 元的“沙耳”白酒，和每包 0.28 元的“红芙蓉”香烟。

没有鞭炮，没有新衣，更没有新房。

俄麦的姐姐，已招夫上门，而阿措的妹妹，将要顶门立户。俄麦和阿措，注定都要离家。暂时无钱盖房，又不能分割财产，新婚夫妻只能各住各家。

一年后，儿子降生了，由俄麦在娘家独自抚养。

他们仍是分居，7 年。

嘉绒，因嘉莫墨尔多神山而得名，意为女王的山河。

而神山，就位于金川县与小金县、丹巴县的接壤处。

嘉绒地区包括阿坝州金川、小金、马尔康、理县、黑水和汶川部分，以及雅安市、凉山州等地，以农业为主。

《安多政教史》载：7 世纪初叶，吐蕃赞普松赞干布统一了吐蕃，嘉绒地区也统一于吐蕃之中，从西藏迁来大批驻军和移民，与当地土著融合，遂成嘉绒藏族，延绵至今……

1996 年，俄麦和阿措，终于盖起自己的二层土楼。

他们借了 6000 元外债，又从信用社贷款 4500 元，每年利息高达 960 元。

这对他们夫妻来说，简直是一座大山。

每每院外有人高声说话，他们便以为是讨债者。俄麦的脸便吓得发白。

俄麦瘦弱，却特别有力气。她种了3亩玉米、半亩土豆，以及两亩青稞、胡豆、萝卜和白菜，还养了5头奶牛。

她的最大财源，是15头藏香猪。6月上旬，她把猪崽儿们赶到山上，搭一个棚子。满山的野草、野花、野果和泉水，是天然食物。晚上，猪崽儿们吃饱喝足了，结伴回到窝棚，酣睡，增膘。

每隔两天，俄麦就上山一次，送些麦麸，清点一下。

俄麦一出现，“猪八戒”们便高高兴兴地围上来，争相诉说着各自的美好艳遇。

10月上旬，天冷了，健硕的猪一个个精精壮壮。这时候，俄麦已联系好了乡里的一家商贩……

俄麦的另一个主要工作，是打酥油。牛、羊挤奶后，先将奶汁加热，然后倒入一个特制的木桶里，双手用力，上下抽打数百次，直打得油水分离，上面浮起一层杏黄色的脂质。舀起来，灌进皮口袋，冷却，便是酥油。

酥油有多种吃法，可以做酥油茶，可以调和糌粑，还可以炸果子。

2004年，6个寨子联合选举阿措担任村会计。

每月工资 80 元，而他做木工，一天就可以挣 80 元呢。

他的父母，都曾是绰斯甲土司的农奴。而他——农奴的儿子，心甘情愿地为村寨服务。

阿措骑着摩托车，每天在各寨之间奔忙。

高原的太阳，直率而火烈，晒得他满头汗涔涔，满脸黑乎乎。

绰斯甲土司，嘉绒地区十八土司之一。

绰斯甲境域，唐为东女国，被吐蕃统一后，属川西地区三十六番诸部落。

1700 年（清康熙三十九年），当地部落首领归附清王朝，后被清廷颁授绰斯甲安抚司职衔。

1772 年（清乾隆三十七年），因出师大金川助战有功，后被升授宣抚司，其官为从四品。

1939 年（民国二十八年），经南京国民政府批准，绰斯甲划归西康省管辖，沿袭土司制。

嘉绒藏族，以其世袭家谱来看，以绰斯甲最早移入现居地区。其系谱从第一代克罗斯甲布起至末代土司纳坚赞止，共 41 代。

土司属下的百姓，就是农奴。他们没有土地，除为土司提供繁重的无偿劳役和充当土兵外，还要向土司缴纳或进贡各种实物。

1950 年 12 月，绰斯甲地区和平解放。1956 年，这种封建农奴制度被彻底废除……

2008 年 5 月，汶川地震，房屋震裂。

俄麦和阿措，不得不重新建房。国家补助 2 万元，加上多年积蓄，他们还要借款几万元。

2009 年 7 月，儿子考入成都的西南民族大学，每年各种费用需要 1 万多元。全家再次陷入经济危机，俄麦急得直哭。

这一年春天，她计划购买 30 头猪崽儿，牺牲一个春秋，换回儿子的学费。

可担任村会计的丈夫断然拒绝：放养猪崽儿，破坏生态。

的确，猪不仅吃草，而且拱地，破坏山体表面。特别是汶川地震之后，山体松弛，更需要保护。

她骂丈夫，斩断财源，不关心家事。

可丈夫，决不退让！

的确，阿措越来越像干部了。

比如砍柴，过去村民随意砍伐，现在却制定了规划：全村林场，分成五个区域，每年轮流采伐。这样，既保证林木休养，更促进成材。

比如每年的看花节，在传统节目的基础上，增加了评选五好家庭、孝子孝媳等项目，并公开财务，共商村务。

最有趣的是，每年看花节，全村的村民，要照一张全村福，一个也不能少。

一张张面孔，绽开了一朵朵姹紫嫣红。

间伐后的树干，截成 1.5 米长的棒棒，用电钻打出鸡蛋大小的浅洞。然后植入木耳菌苗，用木屑敷盖，喷水。几天后，便长出密密麻麻的黑木耳。

一片片揪下来，晒干，每斤 40 ～ 100 元。

一根棒棒，每年产干货二至四两。每亩地可置放 8000 棒，年收入 4 万多元。这是阿措引进的新技术。

2015 年，全村已发展到 10 万棒，正在急剧扩展……

乾隆初，大金川土司屡屡滋事，“意欲并吞诸蕃”。1747 年，清军 3 万人分路进讨，久而无功，川陕总督张广泗被清廷处死，改派岳钟琪督阵。1749 年，初告平息。

1766 年，大小金川联合反清，第二次金川之役开战。历时 10 年，用兵近 60 万人，死伤逾万人，耗银 7000 余万两，终于在 1776 年结束。

两次平定金川，是乾隆皇帝平生用力最大的武功。

金川之役，对清王朝维护国家统一，保持边疆稳定和发展，都具有特殊意义。

5月底，冰雪消融，翠绿萌生。挖虫草的黄金季节，到了。

虫草主要生长在海拔 3000 米至 5000 米高山草地灌木带之上雪线附近的草坡上。夏季，虫卵产于地面，经过一个月左右的孵化，变成幼虫，钻入潮湿松软的土层。这时，一种霉菌侵袭幼虫，在其体内生长，不断蚕食，致其死亡。第二年春天，霉菌菌丝开始生长，拱出地面，外观像是一根小草。这便是幼虫躯壳与霉菌菌丝共同合成的一个完整的“冬虫夏草”。

早上 9 点，俄麦带着短柄锄头、改锥与一天所需的藏粑和水，徒步来到山坡上。顺着山势斜躺，目光向上，寻找虫草裸露在外的褐色菌苗。寻找虫草，颇需经验呢，不仅要眼力好，更要选择好观察角度，除了平视，还要善于利用顺光和逆光。

终于，发现了两棵并生的虫草，她轻手轻脚地走过去，像生怕惊跑一只会飞的小鸟。有时候，她觉得挖虫草是一种罪过呢，好像在偷盗山神的“仙草”。所以，挖虫草时，她从不大声说话。

运气好的时候，一天能挖 30 根。

一根优质虫草的收购价，是 60 ～ 100 元。

6 月底，挖虫草的季节结束了。

不用担心。从 8 月到 10 月，又是各种中药成熟期。有贝母、灵芝、五加皮、大黄等，还有松茸、黄丝菌、青岗菌、羊肚菌等菌类。哦，大自然的馈赠，何其丰厚啊。

那一年，她去成都看望儿子，路过一个药材市场，突发奇想。于是，每年秋后，在村里，她按时价收购，而后，租车运到成都。每年两三趟，能挣五六万呢。

俄麦，一个腼腆的藏族女人，渐渐走进了成都大市场。

电脑、电冰箱、微波炉、热水器、卫星天线等，都成了亲密的家庭成员。

过去打酥油，用木桶，两三个小时，浑身出汗，费时又费力。现在改用洗衣机，只需 15 分钟，质量还好。

小家的日子红红的。

小村的日子火火的。

一天晚上，阿措对俄麦说：“今天，大家票选致富能手，你被选上了。村里准备奖励你一部手机。”

俄麦笑一笑：“你这几年当干部，干得不错。我也奖励你一下吧。”

“你能奖我什么？”阿措有些不屑。

“奖你一辆汽车！”

阿措惊愕地跳起来。两只眼睛，瞪得像汽车头部的两个大灯。

是的，虽然现在的月工资已经涨到900元，但汽车于他是万万不敢奢望的。

丈夫骑着摩托车日夜奔波，俄麦心疼啊。而且，她最清楚，丈夫的梦想是什么。

几天后，一辆奇瑞轿车，开了回来。

阿措骤然鼻辣眼酸，怔怔地，看着自己的幸福，自己的女王。

金川县，与历史上东女国人口相仿。

2014 年，全县农牧民人均纯收入 8501 元。最让人惊奇的是，这个几乎是四川省最偏远的山区，这几年投资近 10 亿元，修建了长达 3000 多公里的乡、村公路和 980 公里的入户公路，使大山深处的所有村寨实现了“村村通”，所有家庭实现了“户户通”。

如今的金川，是实实在在的“阿坝江南”！

俄麦的儿子 26 岁了，大学毕业后，考取了村官。

最近，他找了一个对象。

我问俄麦和阿措，就这么一个儿子，舍得让他到女方家做上门女婿吗？

他们哈哈一笑：“无所谓了。反正他们要在县城生活，都不与父母在一起了。”

从二普鲁村到县城，过去翻山越岭，需要两天时间。现在呢，不足一个小时的车程。

村头的二普鲁河，欢快地流淌着。流入大渡河，汇入岷江，融入长江，嫁与大海。

小小一隅，联通世界。

他们的苦恼，他们的快乐，都与这个国家在一个节律上。

## 团结如石榴 拥抱中国梦

中华民族的祖先劳动、生息、繁衍在祖国的大地上。几千年来，各民族融入一条中华血脉，同呼吸、共命运，用勤劳和智慧共同创造了祖国悠久的历史和灿烂的文化，共同捍卫了统一的多民族国家。一部厚重的中国史，就是一部中国各民族诞生、发展、交融并共同缔造统一国家的伟大历史。

无论是到民族地区调研，还是全国人代会上到多民族聚居省份的代表团审议，抑或是同少数民族群众通信，习近平总书记都反复强调一句话："促进各民族像石榴籽一样紧紧抱在一起。"

说到石榴，就不得不提新疆。20世纪50年代，新疆有位库尔班大叔，多次想骑着毛驴到北京看望毛主席，成为新中国民族团结的一段佳话。习近平总书记小时候就听过库尔班大叔的故事，备受感动。

党的十八大以来，党中央把加快少数民族和民族地区发展摆在全国改革发展全局中更加突出的位置，出台的政策措施之密集、扶持的力度之大前所未有，为民族地区发展注入勃勃的生机和活力，民族地区面貌发生了翻天覆地的变化。

独龙族，一个藏于深山峡谷的少数民族，主要分布在云南省贡山独龙族怒族自治县独龙江乡。由于历史和自然条件的制约，这里一直是云南乃至全国最为贫穷的地区之一。得益于脱贫攻坚，独龙江乡建起公路、隧道、安居房……独龙族实现了“一步千年”的跨越。

四川大凉山有个阿土列尔村。悬崖峭壁上，17条藤梯的痕迹还清晰可见。2020年5月，穿上节日才穿的衣裳，344名彝族村民走下新修的2556级钢梯，搬迁至位于昭觉县易地扶贫搬迁县城集中安置点的新家，永远翻过了那座贫困大山。

敖润苏莫苏木，内蒙古自治区科尔沁沙地南沿的一个多民族聚居区。近年来，大家一边保护生态，一边调整产业结构，累计完成各类造林23.6万亩，不仅让当地植被覆盖率达到了47%，还实现了人均3头牛、10只羊的草畜平衡目标，“既要绿水青山，又要金山银山”成为现实。

一个个巨变，汇成了一组令人震撼的数字：现行标准下民族八省区农村贫困人口全部实现脱贫，民族地区累计减贫3000多万人，全国民族自治地方420个贫困县全部脱贫摘帽，28个人口较少民族全部实现整族脱贫。千百年来困扰少数民族和民族地区的绝对贫困和区域性整体贫困问题历史性地得到解决。

从雪域高原到塞外草原，从天山南北到西南边陲，脱贫攻坚和全面小康的阳光照耀到了每一个角落，无数人的命运因此而改变，无数人的梦想因此而实现，无数人的幸福因此而成就。这一点一滴都印在了各民族群众的心里，增强了各民族群众对中华民族大家庭的归属感，不断铸牢中华民族共同体意识。

中华民族一家亲，同心共筑中国梦。站在中国共产党成立一百周年的新起点，在以习近平同志为核心的党中央坚强领导下，全国各族人民同心同德、凝心聚力，高举民族团结的旗帜，正向着第二个百年奋斗目标，向着实现中华民族伟大复兴的中国梦阔步前行！

# 2016

国内生产总值达到74.4万亿元，比上年增长6.7%，名列世界前茅……

全面深化改革迈出重大步伐，全面依法治国深入实施，全面从严治党纵深推进，全年经济社会发展主要目标任务圆满完成，“十三五”实现了良好开局……

这一年，有纪念建党、纪念长征的历史回顾，有敬仰英雄、敬畏历史的国民共识，有女排夺冠、举国沸腾的高光时刻，也有厉行法治、守护公平的持续发力。

这一年，工匠精神、创新思维刷新着企业风尚，优良家风、优秀文化丰润着大众心灵。

这一年，改革勇气引领社会的风向，廉洁正气书写人心的政治。

时间不会暂停和倒转，新长征没有中场休息。

站在新的起点，惟不忘初心者进，惟从容自信者胜，惟改革创新者强。

——摘编自2017年《人民日报》元旦献词《不忘初心　逐梦前行》

# 初 心

其实，在 24 岁之前，廖俊波并没有什么政治理想。他的愿望，只是当一名合格的乡村教师。

## 一、乡村教师

1968 年 8 月，廖俊波生于福建省南平市浦城县一个偏僻的农村，父亲是公社办事员，母亲是一位民办教师。家境不算太好，聊以维持温饱。

他的天资，似乎并不突出。中学期间留过一级，首次高考又名落孙山。复读一年，最后考入南平师专物理系。

师专期间的廖俊波表现良好，被推选为系学生会主席。正当校方看好并准备培养他担任校学生会负责人时，他却有了新目标，那是一名女同学。他热烈追求，颇有爱美人不爱江山的决心。没办法，校方只好放弃了对他的进一步培养。

师专毕业，他毅然背井离乡，投奔女友的家乡——邵武市。

当年，这对情侣没有分配在一起：女方到城外60公里的一所乡村中学，而他落脚的地方，距离邵武也有30公里。

对于热恋中的他们，这是最糟糕的分配结果。但他十分知足。

执教之初，廖俊波担任大埠岗乡中学初中二年级物理教师兼班主任。

他备课有一个习惯，喜用红笔和黑笔。黑笔书写正稿和主体，是关键点和知识链；红笔进行修改和补充，是延伸和花絮。黑红相间，工工整整，既有枝有干，又有叶有蔓。上课时，多采用激励教学法。整个课堂，时而蓝天丽日，时而杏雨霏霏，时而鱼翔浅底，时而鹰击长空；春园芳草，日日见长；秋蚕食桑，夜夜育肥。

校长姓刘，特别喜欢这个勤奋而又阳光的年轻人，却又发现他生活的困局：每个周末，骑自行车探望女友，太远了，太累了。于是，刘校长悄悄地、主动地向教育局申请将他女友调入。

很快，一对情侣终于团聚。

内心的挚爱，组织的关怀，使他的热情之火愈加白亮。

学校有 500 多名寄宿生，生活管理极其烦琐。廖俊波却主动要求担任宿管老师。每天早晨 5 点开始，组织跑操、晨读和早餐；中午监督午餐和午睡；晚上最需操心：夜自习严禁外出，闭灯睡觉更要准时和安静。琐碎、凌乱，他却乐此不疲，津津有味。

教室通往宿舍的小路上，碎石堆积，野草丛生，偶有毒蛇出入。他发动学生义务劳动，搬走石块、铲除杂草。半个月后，一条整洁平坦的甬道出现了。

两年后，毕业考试。他的班，名列片区第一！

恰在这时，乡政府请刘校长推荐一名文笔好、品行优的年轻语文老师调去工作，重点培养。

刘校长很苦恼，选谁去呢？

有几位年轻语文老师，虽然文笔不错，但颇有惰性：有的早晨赖床，常常耽误早操和晨读，甚至上午第一节课，也需要自己拍门催促。

综合考虑，还是力推廖俊波。虽然他是物理老师，但综合素养高、可塑性强。

## 二、一镇之长

拿口镇，是廖俊波主政的第一块试验田。

1998 年 11 月，经过在乡政府和市政府办公室的工作历练，他被任命为党委副书记、镇长。

拿口镇位于邵武城东 36 公里，当时刚刚遭受一场百年不遇的水灾，房屋倒塌严重，3800 余人无家可归。

大灾过后，当务之急是建房。红砖紧俏，当地个体户借机抬价，砖价比过去高出两倍。面对汹汹歪风，他通过组织，马上联系，用火车从外地调运红砖数十车皮。

外来红砖“入赘”，骤然稳定市场！短短时日，建造楼房 102 座。春节之前，灾民全部迁入新居。

农民收入偏低。他深层调整农业结构，推广种植烟叶，倡导多养鳗鱼。两年之内，烟叶种植面积由 1000 亩扩大到 6000 亩，鳗鱼养殖水面达到 1000 亩，使全镇农民收入平均提升近千元。

小镇财政寡淡。他充分调研后，果断改革财税体制，对镇属电站和集体竹山进行重新竞争承包，使镇财政每年增收 70 余万元。

在此期间，廖俊波最大的贡献，是创建工业园。

乡镇建造工业园，整个南平市前所未有。但他经过反复考察，决定打破这个先例！

首先规划 600 亩的园区平台，总体设计，分批开发。同时，针对具有当地资源优势的竹木加工、工艺品、竹炭、矿产加工等行业，进行重点招商。

经过几年深情呵护，热情服务，这个工业园迅速发展起来。他离任之时，已经落户企业 27 家，工业税收达到 260 万元。

正是这个工业园，使拿口镇一跃成为邵武市名列前茅的经济强镇！

在拿口镇，谈起廖俊波，人们总要说到一条路。

拿口镇由两个乡镇合并而成。原朱坊乡的 20 多个村庄地处偏僻，没有一条硬化公路，致使 1.3 万村民苦不堪言。但通村公路不在国家计划之列，没有政策资金补助。

一条路，关乎一方土地的未来，更关系到两个片区群众的和谐发展。廖俊波经过综合考虑，决定修筑这条民心路。

但问题接踵而至：修柏油路，还是水泥路？

全路总长 19.6 公里、宽 7 米，修柏油路需要 400 多万元，但寿命较短；修水泥路则需要 600 多万元，如果质量有保证，可使用 20 年。

他，果断选择后者！

除了镇政府自筹和贷款，资金还有不小缺口。他捐出一个月工资，动员全乡干部和教师捐款，并游说当地企业家赞助，四处奔波，苦苦“化缘”。

终于，筑路资金基本凑足。

他日夜值守现场，监督施工质量。

铺路的石子大多从河中捞出，沾满泥沙，他主张给石子们统一“洗澡”。现场工程师嘲笑他多此一举。

他是物理老师出身，明白在混凝土硬化过程中，凝结物之间的杂质容易产生裂缝。这些微裂纹，虽然肉眼难辨，却是质量隐患。

于是，在他的严正坚持下，工人用高压水枪对全部石料进行细细冲洗。

2000 年 12 月 26 日，公路终于通车。

当天上午，数百名群众自发拥向乡政府，敲锣打鼓，点鞭放炮。最引人注目的是几十位白发苍苍的老翁和老婆婆，从家里拿出铁锅和脸盆，用铁勺拼命地敲击着，高喊着，脸上全是笑容和泪水。

霎时间，他泪流满面。

对于共产党的干部来说，什么是为人民服务？什么是动力？什么是目标？

这就是动力！这就是目标！

多年过去了，这条公路仍然在坦坦荡荡、结结实实、日日夜夜地为这片土地服务着……

## 三、共享荣华

独骑勇闯荣华山，是廖俊波生命中的又一段传奇！

在拿口镇工作五年，他年年考核全市第一。2004 年 2 月，他被选举为邵武市副市长。在这个岗位上，他主持创建占地 26 平方公里的省级循环经济园区和南平市最大的化工基地——金塘工业园，使全市规模工业产值三年几乎翻番。2006 年 5 月，他调任南平市政府副秘书长，负责协调工业和城建系统工作。

此时，南平市为了突破发展瓶颈，决定在荣华山一带上马工业园区。

2007 年 10 月，廖俊波被任命为荣华山产业组团管委会主任。

从地理位置上看，荣华山位于福建最北端，紧邻浙江和江西，位于长三角、珠三角和海西三个经济影响圈的接合部，的确是一块天然的吸金宝地。

但当时，它却是一片荒山，没有土地，没有规划，没有人员。

更重要的是，市委、市政府授权他的启动条件，只有一个人、一部车和 2000 万元包干经费。所需人员，只能从当地政府机关借用。而办公场所，只能租用附近农村的 5 间小房。

真是白手起家，平地创业啊。

不，没有平地，因为每一寸平地，也都需要开辟！

实在难以想象，4 年时间，廖俊波投注了多少智慧和心血。

一组数字为证：

铲平山头13个，新造平地3732亩，完成征地7000余亩。

签约项目51个，开工项目23个，前期投资28.03亿元。

……

最苦最累的，是他的汽车。4年时间，行程36万公里。平均每天250公里！

一部崭新的汽车，跑成了老旧，而一个年产值近百亿的产业组团，已经日臻成熟，蔚为大观，成为南平市实体经济的重要支撑！

他把荒山，变成了财富，变成了金山；荒山把他，变成了中年，变成了黧黑！

## 四、“省尾书记”

毋庸讳言，廖俊波人生最辉煌的经历，是在政和县。

政和县位于闽北、浙南交界，全境山地丘陵面积超过93%，其余为河谷盆地。由于地处偏僻，自然条件恶劣，历史上曾用名关隶县。关隶，顾名思义，就是关押奴隶、罪犯之地。

但，荒蛮之地有特产，尤以白茶最优。

北宋政和五年（1115），颇有雅趣的宋徽宗品尝到这种稀世佳茗，惊叹之余，竟以本朝年号相赐。政和县，由此而来。

这在历史上，甚为罕见。

但千百年来，这里并没有富庶祥和。廖俊波就任县委书记时，只有两条省道过境，没有国道，更没有高速公路。全县财政收入只有 1.6 亿元，全省倒数第一。

最让人惊奇的是，整个县城，没有一个红绿灯，没有一条斑马线，没有一根独杆路灯，没有一家规模超市。高压电缆和弱电线路布满天空，密如蛛网。居民用水，时时得不到保障。

这样落后的县城，在中东部地区，也很罕见。

时任政和县城乡发展规划局局长的卓成庆告诉我，廖俊波第一次见面，就向他索要一张全县等高线地形图。

“什么？等高线地形图？”他疑惑地问。

“是的！”

卓成庆内心震撼。以前的领导，谁曾询问过这样的专业地图呢。

又过半个月，廖俊波再次找上门，严肃地说，准备给他划拨 1000 万元，作为全面改造、提升城乡功能的设计费。

“1000万？”卓成庆大惊失色。几十年来，全部的城乡规划设计费相加，也不过几十万元啊！

廖俊波说，政和要发展，必须要建设一座具有现代化功能的县城。道路、桥梁、超市、电路、管网、文化场所、绿化等等，都要进行全盘的科学规划和设计。缺少这些，谈何归属感，谈何吸引力。我们要穷尽这代人的智慧，力争不留遗憾！

年近五十的卓成庆，汪然出涕，热血沸腾。

谁都清楚，县域经济发展必须依靠规模化的实体经济。而政和，是南平市惟一没有工业区的县。

为什么没有工业区呢？一是因为政和县交通闭塞，经济落后，招商引资极为困难。更主要的是，在这里创建工业区，周期长、见效慢，最少需要五六年时间。

但是，为了政和县的长远发展，廖俊波下定决心。

经过再三踏寻，终于在县城西部6公里外的丘陵地带，寻找到一片合适场地，可以最大限度地节省土地。

下一个难题，就是征地。

如何才能调动大家的积极性，共克时艰呢？他想起了县人大、县政协的领导们。他们都是当地人，在民间颇有威望，只是这些年政和的落后使大家信心不足。

县人大常委会副主任许绍卫曾任开发区所在地的镇党委书记，现在临近退休。他摸着自己的满头白发说：“我老了，还是让年轻人冲锋陷阵吧。”

廖俊波说：“老将出马，一个顶仨。这种事，还是要靠老同志。”

劝说再三，老许仍是不愿出山。

一天晚上，廖俊波再次登门拜访。当许绍卫再度说到自己的白发时，廖俊波从口袋里掏出一盒染发剂：“老兄啊，这是我专门给你买的，保证绿色产品，保证立马年轻！哈哈……”

老许再也坐不住了，站起来，一把握住廖俊波的手。

## 五、政通人和

“小张，能不能帮我网购一双皮鞋？我没有开通支付宝。”

“当然可以！多少码？”

“42 码，黑色，内增高 5 厘米。价格 300 元至 400 元之间。”

上网搜索，即刻锁定，定价 368 元。

第三天，鞋到了。当天晚上，小张向廖俊波办公室走去。

张斌，男，1982 年生，政和县黄垱村人，初中毕业到上海打工，后来从事电商业务，主销手表。近几年，在廖俊波的邀请下，他回乡创业，设计开发自家品牌手表，在广东生产，在政和销售。

此时，全县工商注册的电商企业达到 460 家，从业人员达到 4800 多人。阿里巴巴发布的“中国县域电商发展指数排行榜”显示：全国 2700 多个县市，政和电商排名第 73 位。而在手表销售单项中，位居全国第一！

这个成绩，让人惊叹！

2015 年 6 月上旬的这个晚上，廖俊波试穿皮鞋后，特别满意。

他悄悄地却是兴奋地告诉张斌，这是他平生最昂贵的一双鞋。因为，近日要去北京参加一个重要会议，习近平总书记亲自接见。

说着，他拿出一个信封。368 元，不多不少。

小张满脸窘色。这几年，在廖俊波的鼓励支持下，自己成了千万富翁，而一双不足 400 元的皮鞋，他竟然……

廖俊波温和却又坚定地说：“咱们是君子之交。亲兄弟，明算账！”

张斌仍是尴尬不已。

“你如果过意不去的话，就考虑一下我的建议。我希望你把手表生产地从广东迁回政和，带动家乡发展……”

廖俊波常说，招商引资，要有跪地求婚的真诚和勇气。

一天，他正在福州开会，晚餐间偶然听说一位国内知名机电企业董事长正在福安市。这位董事长曾来政和考察，而后没有回音。

他马上打电话，恳请见面。

但这位董事长公务繁忙，明天一早就要赶往厦门，飞往美国。

廖俊波恳求：“我现在赶过去，您方便吗？”

董事长大惊。从福州到福安，开车需要三个多小时，而且是夜行。正在他犹豫之时，廖俊波已经动身了。

当晚 10 点，双方见面。

一个小时后，廖俊波返回福州。

三个月后，这个投资 3 亿元的项目，落户政和！

国内某著名大型养殖企业，其产品直供肯德基、麦当劳等企业。

廖俊波通过中间人联络多次，对方拒不见面。正常情况下，别人早就知难而退了，可他说，双方没有见面，没有沟通，希望犹在，一切皆有可能！

2013 年 3 月，廖俊波终于见到对方董事长。谁知刚进门，对方就毫不客气地说，我知道政和，那是一个兔子也不拉屎的地方，我怎么能往那里投资呢？

现场气氛，立时降至冰点。

片刻，廖俊波高兴地说，兔子不拉屎的地方，正是投资创业的好地方。您想想，过去兔子不拉屎，是因为偏僻，现在高速公路开通，这个问题已经解决；兔子不拉屎，说明这个地方广阔而且生态环境好，正是养殖的首选；再者，兔子不拉屎的地方，地价肯定便宜。总之，希望您去看一看。

事态的发展，果如廖俊波所言。

在董事长从政和考察回来的路上，一个全新的构想诞生了。

双方签约后，廖俊波内心仍然不甚满足：这个项目虽然富民，却没有税收。

此时，他又得到信息：一家以熟食加工业务为主的美国著名公司正在寻找合作伙伴。

猛然，一个更新的构想再次诞生！他又开始了新一轮的奔波和游说。

2013 年 10 月，一家全新的集养殖、加工于一体的中外合资企业，在政和呱呱落地！

如今，这家投资 15 亿元的大型合资企业，已在全县闲置千年的山沟里发展养殖场 44 家，日屠宰量 12 万只，用工 3000 余人。500 多辆冷链运输车，日夜不停地奔跑在这片曾经贫穷和寂寞的大地上。

天生天养的鸡鸭，源源不断地进入世界的肠胃；花花绿绿的现钞，连续不断地回归小县的财政……

短短四年，天翻地覆！

2012 年，政和县县域经济发展指数提升 35 位，上升幅度全省第一；2013—2014 年，蝉联全省“县域经济发展十佳县”；2016 年，财政收入由 2011 年的 1.6 亿元猛增到 4.9 亿元。

廖俊波离任之时，曾经落后的县城已经脱胎换骨：改造 5 条大道；打通 9 条断头路；新增 3 家大型超市；设置 4 个红绿灯和 1500 盏路灯；建造高标准的市民广场和文化中心；电缆和弱电线路全部地埋；供水管网统统改造。特别是县城周围，高速公路通车，两条国道过境，八座大桥竣工……

更令人欣慰的是，经过几年培育，政和白茶再度崛起。一座投资 2 亿元的“中国白茶博物馆”已经奠基，“白茶银行”正在全国形成网络……

春节到了，外地的乡亲和学子纷纷回家过年。

走下高速，是宽阔的迎宾大道，两侧站立着一排排璀璨的中华灯，高挂着一枚枚喜庆的中国结，是父亲的迎迓，像母亲的微笑。看着这亮堂堂、红彤彤的场景，看着这全新的故乡，不少人瞠目结舌、热泪横流……

政和政和，政通人和！

一个千年梦想，终于实现！

## 六、情系武夷

南平，俗称闽北。这里，真是一块特殊的风水宝地：三溪汇流，闽江之起首；武夷巍峨，福建最高峰。然而，令人尴尬的是，其经济发展水平，却居全省之尾。

这些年，南平人一直在试图突围。

毋庸置疑，南平的发展存在巨大瓶颈。由于历史原因，市委、市政府所在区域是一片狭窄山地，四周无处延展，而且处于市境的犄角地带。这些年来，为了寻找一方舞台，省、市层面的领导和专家费尽心思，终于选定了一个好地方，那就是版图中心区域的邻近武夷山的建阳市市郊。如果依托现有城市基础，再创建一个武夷新区，岂不是凤凰涅槃！于是，经过多年论证，在中央和省委的支持下，整套计划已经通过。

2013年，新区整体规划完成，进入建设时期。

2016年，市党代会明确提出：2018年启动搬迁，2020年结束。

不仅要尽早建造一座武夷新区，还要搬迁一座地级城市，这是一项多么巨大的工程！

这项任务，又历史性地落在廖俊波肩上。

2016年10月，身为南平市委常委、副市长的廖俊波，仍兼任着武夷新区党工委书记。

市政府，他是常务负责人；武夷新区，他更是第一负责人。

两地相距130公里。于是，穿梭于两地之间，便成了他的常态。日日夜夜，风风雨雨……

工作之忙，压力之大，可想而知。

什么叫殚精竭虑？什么叫绞尽脑汁？什么叫夙兴夜寐？什么叫披肝沥胆？都是此时的廖俊波！

进入 2017 年之后，廖俊波的工作重心是软件园招商。

是啊，新区、新区，新在哪里？信息时代，怎么可以缺少软件产业？

南平是一个偏僻之地、落后之隅，谁来落户呢。

一个多月时间，廖俊波马不停蹄，拜访了国内 IT 业内多家规模企业，其中十多家签订协议并陆续入驻。特别是在福州，他与浪潮集团福建总公司达成初步协议。

3 月 15 日中午，他飞到北京，正好下午空闲。工作人员提醒说，你父母住在北京。是的，父母在妹妹家已经住下两三年，自己还没有登门看望，只是春节期间在老家见一面。作为儿子，他常常心怀愧疚。

转念一想，不能分身。即刻联系浪潮集团总部。正好，对方执行总裁答应会面。

他马上拿出西服，整正领带，梳理头发，擦亮皮鞋，像谈恋爱一样，雀跃而去。

这一次，终于取得实质性进展。双方相约，3 月 21 日，南平见!

3 月 16 日，回到南平时，已是半夜。他兴奋地对大家说，这几天行程太紧，太累，你们明天休息一下吧，晚一个小时上班。

第二天 8 点 30 分，大家仍是正常到岗。可他呢，已参加过一个早上 8 点的开工仪式，又赶往南平市开会去了……

3 月 17 日下午，纪检部门在武夷新区调研，他全程陪同。

3 月 18 日上午，市长主持会议，协调研究武夷新区生活搬迁等问题，直到 12 点 30 分结束……

午饭后，他睡得深沉。

妻子不情愿唤醒。可他早就设定了手机闹钟：14 点 30 分。

闹钟响了。他睁开眼，又闭上，对妻子说："我再睡一会儿，36 分喊我，盯紧啊。"

时间到了。妻子犹豫一下，还是推醒他。

下午 3 点，他主持会议，研究上午会议内容的具体落实。

会议 5 点半结束。他又与市国土局局长等人会面，商议武夷山国家公园事宜。

下午6点，回家吃饭。饭后还要赶到130公里之外的武夷新区，主持晚上8点开始的协调会。多项工作迫在眉睫。

妻子静静地看着他。

这个匆匆忙忙的男人啊，真是她今生注定的眷侣。结婚25年了，他仍是像新婚一样宠爱自己。几乎每天，他都要给自己送一束“花”——微信玫瑰！只是，他常常不在身边。每次想他了，就打电话，可总是不接。有时候，回一个字：忙。有一次，他抱歉地说，以后退休了，买菜、做饭、拖地、养花，我全包！你只需坐在沙发上，双手指挥……

那一刻，他兴奋得像一个孩子。而她，幸福得宛若初恋。

可他，毕竟心累啊。离开政和时，他还是一个精壮的中年人，而两年来，头发全部灰白，几乎脱落一半。脸上和手上，竟然长出了一片片老年斑……

想到这里，她一阵心酸。

他埋头喝粥。

这时，天色骤然阴沉，大雨将至。

忽然想起还有长长的山路，妻子试着说：“今天是星期天，你休息一下，也让大家休息一下吧。”

他没有吭声。

她又说了一遍。

他沉默一下，略有嗔怪地说："你是老师，下雨天，就可以不去上课吗？"

妻子愣怔，无语。

这是多少年来，他们第一次交锋，第一次红脸。

于是，他微驼背，弓身，点点头，笑一笑，走出门……

40分钟后，车祸发生！

## 七、雨中泪别

3月21日，遗体告别日。

南平各界人士，纷纷要求现场祭奠。限于安全、交通等原因，官方真诚劝阻。但执意前来者，仍达数千人，敬献花圈，达1500个；而网上吊唁人群，超过40万！

一位在南平做生意的政和籍商人，深感故乡巨变，却从来没有见过廖俊波。这天一大早，他特意赶到灵堂，像拜祭长者那样，双膝跪下。而他的年龄，比廖俊波还长三岁。

许绍卫俯坐于地，泣不成声。昨天晚上，他再一次把满头霜雪，染成黑发。

张斌赶到南平时才发现，全市宾馆爆满。无奈，他只得借住朋友家。去年以来，他遵从廖俊波的愿望，高薪聘请16名广东工匠，在本村创办手表制造厂，并对本地青年进行培训。大山深处的原始村落，终于可以生产精密手表了！

浪潮集团执行总裁也来了。在廖俊波遗体和遗像前，他噙着眼泪，用最简短、最低沉的语言告知，集团已经决定：在武夷新区投资50亿元，建造一个高标准软件基地。

这一天，南平再降大雨。

天上雨，人间雨！

南平，是一座山城。

采访结束时，我专门来到廖俊波的办公室。他的桌上，放着一个笔记本和两只红黑水笔，仿佛是教师的教案，好像是学生的作业。

窗外，是九峰山。苍苍翠翠的群山之间，两条清清的溪水——建溪和沙溪，在南平市中心相约，举行婚礼，合二为一，形成一个大大的“丫”字。

这，就是闽江。

一江清水，向南流去。流向大海，汇入中国潮流，汇入世界潮流……

## 风清又气正 浩渺行无极

为中国人民谋幸福，为中华民族谋复兴，是中国共产党人的初心和使命。这个初心和使命，是我们党的政治灵魂所系，是激励一代代中国共产党人前赴后继、英勇奋斗的根本动力。回首我们党波澜壮阔的奋斗历程，一批又一批优秀共产党员不断涌现，以实际行动体现了对党忠诚、心系群众、忘我工作、无私奉献的优秀品质。

回望走过的路，不管条件多么艰苦、形势如何变化，我们党始终坚持真理、修正错误，党在革命性锻造中更加坚强，党的创造力、凝聚力、战斗力不断增强。

百年党史，是一个勇于自我革命的伟大历程——从 1932 年查处谢步升，瑞金响起惩治腐败“第一枪”，到新中国成立后处决刘青山、张子善的“共和国反腐第一案”，再到新时代以空前力度正风肃纪反腐，推进全面从严治党……正是以从严治党永远在路上的坚定执着，我们党才能始终不变质、不变色、不变味，才能得到广大人民群众的衷心拥护。

2012 年 12 月 4 日，习近平总书记主持中共中央政治局会议，审议通过了关于改进工作作风、密切联系群众的八项规定。在这次会议上，习近平总书记带头作出承诺、发起号召：

“党风廉政建设，要从领导干部做起，领导干部首先要从中央领导做起。正所谓己不正，焉能正人。”

以此为切入口和动员令，一场激浊扬清的风气之变在神州大地涤荡开来。

八项规定改变中国。从抓公款购买月饼，到抓公款寄送贺卡，从制止“舌尖上的浪费”到纠治“车轮上的铺张”，再到整治“会所里的歪风”……各级纪检监察机关坚决贯彻党中央决策部署，锲而不舍推动中央八项规定精神落实，驰而不息正风肃纪，刹住了一些过去被认为不可能刹住的歪风邪气，解决了一些长期想解决而没能解决的顽瘴痼疾。

“得罪千百人，不负十三亿。”言出必行！中国共产党历史上力度空前的反腐败斗争拉开序幕。坚持无禁区、全覆盖、零容忍，上至省部级“大老虎”，下到群众身边的“蝇贪鼠害”，谁也没有免罪的“丹书铁券”，谁也不是“铁帽子王”。

“让群众更多感受到反腐倡廉的实际成果。”从教育医疗到就业创业，从养老社保到环境保护，人民群众关心的痛点在哪儿，正风反腐的焦点就在哪儿。2018 年 1 月，习近平总书记在中央纪委全会上发表重要讲话，明确提出：“要把扫黑除恶同反腐败结合起来，既抓涉黑组织，也抓后面的‘保护伞’。”同月，中共中央、国务院发出《关于开展扫黑除恶专项斗争的通知》，开启了扫黑除恶专项斗争的序幕。云南昆明“孙小果案”、湖南新晃“操场埋尸案”、黑龙江哈尔滨呼兰“‘四大家族’涉黑涉恶案”、海南昌江“黄鸿发家族涉黑案”……举国上下轰轰烈烈，坚决打掉放纵包庇黑恶势力的“保护伞”，坚决铲除妨碍惠民政策落实的“绊脚石”，人民群众真切感受到正风反腐就在身边。

海晏河清，朗朗乾坤！

党的十八大以来，以习近平同志为核心的党中央以明知山有虎、偏向虎山行的勇毅决绝，掀起力度、广度、深度空前的党风廉政建设和反腐败斗争，以全面从严治党激荡清风正气、凝聚党心民心，为全面建成小康社会提供坚强保障。

# 2017

2017年，经济社会发展主要目标任务全面完成并好于预期。国内生产总值82.7万亿元，比上年增长6.9%……

载人航天、深海探测、量子通信、大飞机等重大创新成果不断涌现。高铁网络、电子商务、移动支付、共享经济等引领世界潮流……

这一年创造了历史。经济发展稳中有进，仍然风景独好；民生改善大步前行，1000多万人摆脱贫困；雄安新区谋划已定，“历史性工程”落地生根；“一带一路”国际合作高峰论坛、金砖国家领导人厦门会晤，中国智慧引领世界；“复兴号”启程、C919首飞、国产航母下水、光量子计算机亮相，科技创新定义未来。面对历史，可以这样无愧地宣告：我们赢得了这一年！

一时千载，千载一时，新的时代已经在我们面前展开。

时间的脚步永不停歇，奋斗的脚步永不停歇。

——摘编自2018年《人民日报》元旦献词《我们的新时代　历史的新光荣》

# 最后的小麦

小米与小麦，哪个是中国人的主粮？

当然是小麦。

但，几十年前的主角，却是小米。历史上，公职人员的薪酬，曾以小米支付。

因为，小米是中华民族的“儿子”。在8000年前的磁山文化遗址中，就发现了它的炭化物。

小麦，其实是中华民族的“女婿”。虽然在先秦时代就已经“入赘”，但可以肯定的是，直到汉代之后才在北方地区推广种植。小麦与小米的生长周期完全不同，正好可以在青黄不接时提供救命口粮。但由于磨粉难的瓶颈，面食的魅力始终没有真正展现。直到近代，随着电力和钢磨时代的到来，人类惊奇地发现，小麦，这个生硬的椭圆形微黄色粒状物，竟然可以拥有七十二种变化。如果说雪白的馒头只是初级开发，那元宝形的饺子无论如何也算是一种创造，至于面条、油条、面包、蛋糕等等，则更是欲望的延伸了……

田井安小时候的最大梦想，就是天天能吃白馒头。

但是，时运不济。自从来到这个世界上，整个童年和少年时代，田井安每天的主粮，就是玉米、红薯和野菜。

田井安是从什么时候开始天天吃上白馒头的？

20世纪 80 年代中期之后。

肆无忌惮地吃白馒头，这是以田井安为代表的中国农民的一个划时代里程碑。

那时候，田井安曾经自豪地认为，终于过上了好日子，中国农民终于实现了几千年的梦想！

但很快，他就发现，生活的路，还很长。

## 一、童年的梦想

田井安，男，生于 1965 年，河北省保定市安新县小王营村人。

他的小村，位于白洋淀北岸的平原上，虽然属于安新县，却邻近容城县城，只有三公里。

冀中平原的村名，多带有营、寨、堡几个字。显然，大都与历史上的战乱有关。

在浩瀚的历史长河中，在战争与和平的波峰波谷之间，小王营村就像一艘小船，载着一船村民，在暗暗地泅渡。黑黑白白的日子，青青黄黄的季节，死死生生、枯枯荣荣。或者说呢，小村就像一棵大槐树，树叶年年更新，枝干依然苍虬。而田井安和他的家族，就是一片片叶子，在默默地摇曳着自己的春秋。

他的祖上和父母，均目不识丁。他兄妹四人，一个姐姐和两个哥哥都没有上过学。只有他读过三年小学，学历最高。虽然在学校里勉强认识了 300 多个汉字，但很快就全忘记了，最后只记住三个字，那就是他的名字。

没有文化也不耽误什么啊，不读书，不看报，不空谈，不耽误吃饭，不耽误干活，不耽误睡觉，每天轻轻松松、快快乐乐。

虽然汉字都忘记了，但有一个梦想，却深深地扎根在了他的内心深处，那就是老师曾描述的关于未来幸福生活的画面：楼上楼下，电灯电话，工厂汽车，大白馒头随便吃，还有城市人浪漫的生活……

这个情景，一直飘摇在他的梦中。

## 二、少年的饥饿

梦想虽然浪漫，现实却是饥寒。

田井安进入少年时代之后，身体、胃口乃至意识逐渐接近成人。他越发感到了两种生命本能的强烈，那就是寒冷和饥饿。寒冷大约持续四五个月，而饥饿伴随着全年的朝朝暮暮。

辍学后，十多岁的他开始参加生产队的劳动。

生产队最主要的农作物就是小麦和玉米，轮茬种植。

千百年来，这片土地上的主角曾经是谷子，也就是小米。但谷子产量低，亩产只有二三百斤。大约从 20 世纪五六十年代开始，北方地区开始大面积推广小麦种植。小麦冬季播种、夏初收获，正好可以填补秋收之前的饥荒，而且产量也高，几乎是谷子的一倍。此时，电力兴起，钢磨可以很容易地把小麦生产为面粉了。面粉作为主食，可以蒸馒头、包饺子、炸油条、擀面条等，极大地丰富了人们的生活。小米呢，日常主要用来煮粥。更重要的是，它的生长期与玉米完全重合，而玉米的产量，又是它的三四倍。所以，在小麦和玉米的夹攻下，小米让位了，成为杂粮。

小麦，真是一个灵物呢，竟然适合低温生长。秋后播种，初冬出土，青灵灵的幼苗长至七八公分，正好遭遇严冬，而后蔫蔫地匍匐在地，任凭严寒暴雪。最奇特的是，历经酷寒，却更加坚实。第二年春天，返青后，麦苗们厚积薄发，迎风而长，拔节孕穗，开花灌浆，直至6月初，成熟收获。

小麦收获后，马上种玉米。此时，已进入夏季，玉米长势猛烈，很快就变成青纱帐。青纱帐里，扬花结籽。仅仅两个月，便大功告成，抱出一个个棒槌大的金娃娃。秋后收获，马上种麦。

虽然连年劳作苦累，但仍不能吃饱。因为小麦收获后，大部分要交给国家，供城市居民食用。看着大车小车的小麦走进粮店、走向城市，农民们徒叹奈何。而玉米，则大部分留给自己。

于是，玉米，就成为农家主食。玉米是粗粮，长期单一食用，烧心反胃，直吐酸水。

面粉，只在重大节日时，才偶尔出现。所以，吃白馒头，是那个年代中国农民最强烈的梦想。

吃不上白馒头，只能吃玉米，玉米太单调，而且也不充足。于是就吃红薯，吃野菜，吃小米的内衣——糠。这些东西塞进嘴里，粗粗糙糙、苦苦涩涩，难以下咽；咽下肠胃，疙疙瘩瘩、鼓鼓胀胀，不易消化。

田井安永远铭记着那些饥饿的感觉：肠胃虚空、收缩、痉挛，满眼阴影。看着天上的太阳，黑黑乎乎、扁扁圆圆；看着周围的一切，虚虚实实、弯弯曲曲。

一次，村里一个富户家盖房，帮助干活的人没有工钱，管吃白馒头。他兴高采烈，踊跃报名。晚饭时，竟然吃下 11 个馒头。吃饱后，腹胀、绞痛，不能走路。只好四仰八叉地仰躺在地。直到后半夜，才爬起来，回家。

家里只有两间土坯房，是爷爷的遗产。土坯房的西侧，有一个低矮的观音庙。每逢过年过节，母亲就虔诚地上供、磕头、烧香。

## 三、青年的孤独

20世纪 80 年代初期，分田到户。他家分到十多亩地，仍是种小麦、玉米。

不用说，他的干劲儿更大了。

小麦越冬前，要浇防冻水；返青后，要浇返青水、灌浆水。春夏之交，暖风熏熏，极易滋生一种类似蚜虫的腻虫，专门吸食小麦的浆液。这时候，要打两遍药。

最苦累的是收获时。6月上中旬，小麦成熟，却又进入雨季。一旦过雨，便会倒伏，必须抢收。而且，为了便于轮种玉米，要把小麦连根拔起。想想看，需要何等费力！所幸，他是生猛小伙子，奋起双臂，扭动熊腰，大战三天两夜，生生把麦子们全部拔出。而后，再用铡刀把上半部铡下，摊放在麦场里，碾压、脱粒。

脱粒之后，便是扬场。借助自然风力，手挥木锨，把麦粒们高高地抛洒在空中，吹除尘土和杂物。

又是三天两夜。太累了、太脏了，腰酸臂痛，浑身僵硬，脸面黑乎乎，眼仁白亮亮。

种玉米最难是拔草。玉米生产季节正值盛夏，杂草丛生。最烦人的草是苋草、尖草、水摆草等。玉米的青纱帐比人还高，不透风，太闷热。宽宽的玉米叶子，像锯齿，在皮肤上划出一道道血印，伴着汗水，浑身刺疼。

苦累之后，收获满满。

这一年，粮食问题，彻底解决，田家走进白面时代。家里存储上千斤小麦，随便蒸馒头，任意擀面条，轻松包饺子。

一时间，他感觉自己是世界上最幸福的人。

但随着两个哥哥盖房、结婚，家里又负债累累。

他和父母生活在一起，还住着爷爷的土坯房。

悄悄地，他也 18 岁了，胡子疯长，荷尔蒙爆表。可没有媒人上门。

他只能在田地里拼命地干活。

近些年，不少村民从事服装加工和粮食购销生意。他没有文化，不能参与，只有出苦力，只能混饭吃。年龄越来越大，苦恼越来越深。

是的，别人有新房，吃水果、喝啤酒、抽卷烟、娶媳妇，而他，除了白馒头，什么也没有，仍是住着土坯房，睡着单人床。

1991 年，为了他的婚姻大事，父母再次举债，盖起了三间房，却仍是土坯墙。这个年头盖土房，全村只有他一家。

1992 年，27 岁的他，终于娶妻。媳妇是一个来自外地的二婚女人。但婚后不久，女人就开始嫌弃他，在生下一个女儿之后，悄然失踪。

## 四、壮年的绝望

老婆跑了，他带着女儿生活，依靠母亲帮衬。

他实在没有别的技能，只能守着土地，种小麦、种玉米。偶尔，到附近企业打零工。

种地和打零工的收入，每年三五千元，便是全家所有的收入。

孤独，是他惟一的朋友。而孤独最好的朋友，便是抽烟。

可抽烟的钱，也没有啊。于是，就抽旱烟。当地民间有一种土烟叶，一斤半一束，售价10元。晒干，用手揉，便是烟丝。再买一叠白烟纸，自制卷烟。这种土烟，不仅便宜，而且猛烈。

他把自己深深地埋在浓烟中，打发岁月。

除了抽烟，他最大的爱好就是吃肉。在他的意识里，白馒头的更高层次就是肉食，吃肉就是好生活。

他的生活，没有规律。除了不读书、不看报、不听戏，还不刷牙、不洗澡、不运动。总之，他没有文化，没有追求，只想活着。而活着，除了种小麦、种玉米，不就是抽烟、吃肉吗？

这样的日子，足足过了十几年，跨过21世纪。

2013 年春天，田井安在种小麦时，时时感到眩晕，继而浑身出虚汗，走路喘气，不能上坡，没有力气。

他突然意识到，自己的家族，或许有心脏病史。这些年，父母、哥哥都死于此病。

他悄悄地到容城县医院检查，果然如此。医生告诉他，必须进行心脏搭桥手术，需要手术费十多万元。

天啊，他马上退缩了。

想着自己随时会死去，这个不足 50 岁的汉子，时时唉声叹气，时时战战兢兢。

他的天空里，盘旋着一群黑黑的乌鸦，整天在头顶上聒噪……

## 五、中年的希望

2017 年 2 月 23 日上午，村西南麦田里的土路上，突然来了几辆面包车，还有一些陌生的工作人员。不少好奇的村民走出门去，远远地看。

这些朴实的庄稼人啊，文化程度不高，理想也很低调。他们做梦也没有想到，冥冥中，命运已经发生了颠覆性的豹变！

他们更不知道，正是这些人，代表国家、代表历史，为这片土地赋予了全新的生命！

直到 4 月 1 日国家公布雄安新区成立的消息，村民们才恍然大悟。

于是，大家循着电视上的影像背景，纷纷来到那条土路上，细细寻找，慢慢体味，深深感叹。

一望无际的大地，长满密密实实的麦苗，蜷卧着，像毛毯。阳光照在上面，懒洋洋、暖融融。麦苗们睡着了，做着碧绿色或金黄色的梦。

路边到处是枯草。不知谁在一簇草茎上拴了一根红头绳，仿佛一个小辫儿。旁边有人指点着说，那就是电视中出现的地方。

红小辫背后的大田里，整整齐齐、纵纵横横地插着一排排小红旗。那是地勘人员或工程人员的信号。

这里，就是未来新区启动的核心地块！

他没有文化，不知道北京城里的故事。

他更不知道历史上的故事。

他的脚下，竟然就是大禹治水的主战场。

仰韶时代（距今约 7000 年至 5000 年前）早期和中期，气候暖湿多雨。华北平原河流纵横，白洋淀迅速发育，水域面积扩张到最大范围，覆盖今保定大部分地域，襟连廊坊、天津、沧州等地。这场因地球大暖期形成的洪水，对华夏民族，影响甚巨。

《孟子·滕文公上》：“当尧之时，天下犹未平，洪水横流，泛滥于天下。”禹遵舜命，全力治水，“开九州，通九道，陂九泽，度九山”，改障为疏，因势利导，历经13年，水患始平。而佐助大禹治水成功的主战场，正是白洋淀！

《尚书·禹贡》记载：“导河、积石，至于龙门……北过降水，至于大陆；又北，播为九河，同为逆河，入于海。”

大陆，即大陆泽，在古白洋淀上游；逆河，指黄河入海的天津一带。

据此可以推断：彼时，大禹正是引导黄河由西南而东北，横穿白洋淀，于天津入海。

当大禹最后掘通白洋淀的入海水道时，一项伟大功绩诞生了。

## 六、晚年的新婚

田井安只有50多岁，怎么说是晚年呢？

因为他面相苍老，且身染重病。其心态和健康状况，均已提前进入老年了。

但是，已进入老年的田井安，又开始了新的人生。

这一切，要从2017年说起。

雄安新区成立的消息传开之后，这里成为世界的热点。而作为新区起点的小王营村，更是热点中的焦点。

最开始，政府通知村民：停止建房，并着手清理关闭污染企业。管控一段时间后，总是不见全面开工，往日平静的村庄便泛起风浪。一些人暂时失去工作，聚在一起喝闷酒、抽闷烟；旧房扒掉了，新房不让建，儿子要结婚，怎么办？还有几家小型服装企业，因污染被关闭。不少人陆陆续续地加入“闷烟闷酒”一族。村街上，每每飘浮着灰色的叹息。

但是，苦闷和叹息，很快被理智和欣喜替代。村干部上门劝说，你们这些僵脑袋啊，有什么想不开？忍耐一下，直接变成市民，直接住进城市，这可是积了几辈子的福啊。建造新城，总要准备充足吧。

于是，多云转晴，哈哈大笑，闷酒变成了喜酒。

伴随着这个喜庆气氛，田井安生命中的另一半出场了。

李淑梅，1970年生于50公里之外的高碑店市白沟镇，小学毕业。少女时代的她，学过绣花。结婚后，与老公共同做箱包生意。最红火时，雇工达 50 人。后来，老公不务正业，欠下外债。2010 年，老公不幸煤气中毒身亡。她把企业变卖之后，还清债务，决心离开伤心之地。正在这时，雄安新区诞生了。她的目光，便投向这里。

农家女子，朴实更现实。她想着借这个机会在这里结下一个巢儿，安顿自己的后半生。之后，她认识了田井安。

要说田井安，虽然没有文化，却是憨厚实在。而这，正合她意。

相处一段时间之后，她做出决定，与这个男人牵手。

2019 年 9 月，小王营村拆迁，麦田全部征用。这是田井安作为农民的最后一年。这一年 6 月，他收获小麦 5000 斤，卖了 7000 元。

与此同时，田井安的第一笔补偿款到位。

款项到位之后，李淑梅和田井安的外甥一起，马上联系北京航天医院。住院半个月，开刀，搭了三个桥。

2020 年 3 月，他们租住在县城。

2020 年 8 月，两人结婚。

通过这些日子的亲密接触，田井安深深认识到，这个温柔善良却又敢说能干的女人，就是自己生命的另一半。所以结婚的时候，虽然没有大操大办，但田井安还是像初婚那样，为女人戴上了一枚戒指。

那是在县城里定做的一枚黄金戒指，镶一块绿玉，价值 4000 元。

2021 年 11 月 5 日，他们搬进了雄安新区最早落成的居民区——容东片区。

他们的新居，120 平方米。

田井安办喜事的同时，女儿也结婚了。

这些年，女儿跟着自己受委屈了，他要大手大脚地补偿。于是，在李淑梅的支持下，他给女儿送上一套房子，又买了一辆 20 多万元的奥迪轿车。

当然，他也没有亏待自己，把自己的新房进行了装修和配置。自己刚做过手术，行动慢腾腾，他又花费 4 万元，买了一辆老年代步车。

日子虽然好了，但他们两口子心里明白，以后的生活，还要奋斗。

好在，田井安有一位好妻子。

现在的雄安新区，到处是工地。虽然重点工程由国家大型企业施工，但更多的是基础工程，还需要人工。特别是建筑工地，搬砖提土打水泥，运钢筋运石料。这些粗活累活脏活儿，虽然工资高，但缺少民工。

好一个李淑梅，这个年过五十的中年女人，真是一位女中豪杰。为了多挣钱，竟然选择这些最粗重的活计，日工资 280 元。

这个工种的苦累，难以想象。100 斤重的一袋水泥，来回搬运。一捆捆钢筋，肩扛手提。

问她为何如此选择，她哈哈一笑说，我身体好，既能在家门口挣钱，又可以照顾我们老田，还可以锻炼身体，何乐而不为!

老田有福了。

## 七、童年的梦想

雄安新区，在细细碎碎却又轰轰烈烈地成长着。

走在这片热土上，总有一种莫名的感觉，似乎进入了一个强大的磁场。的确，这里洋溢着一种特殊浑厚的气氛：每一个人、每一棵树、每一辆汽车、每一座房舍，表面上都是平和的、安详的，但其内心，又都是激情的、澎湃的。

整个新区，仿佛一位已经披上红盖头的新娘，静静地端坐，正在等待着一场天地间最盛大的婚礼。

是的，过去的白洋淀，是小家碧玉，是河北的女儿。而现在，她已蝶变为一位白领丽人，成为整个国家的公主。

爱情，给了田井安第二次生命。

手术一年后，走过适应期，他的身体完全康复了，似乎满血归来。

其实，自从共同生活之后，李淑梅就在善意而又严格地管理和改变着田井安的生活，比如每天要洗澡、刷牙、换衣服、吃水果。至于戒烟，要分步走：先是由自制卷烟换成机制烟，红钻石，三天一包；而后是五天一包。但自从做完心脏手术后，已经缩减到每天两根了。

与之同时，则是体育活动——甩大鞭，不仅练臂力，还增加肺活量。

以前，田井安最远只去过保定。现在，他们去了五台山、张北草原、承德等地。如果不是新冠肺炎疫情耽误，他们或许早去了南京和海南岛。

他们每每开着自己的汽车外出，田井安坐在副驾驶上，为李淑梅搞服务，削苹果或递饮料。

这个没有文化的粗人，也拥有了浪漫爱情。

采访时，最让我感到不可思议的是，现在的他们，每天只吃两顿饭：早饭和午饭，肉菜丰盛，晚餐免除。这个习惯，已经持续一年多了。

李淑梅干一天累活，晚上不饿吗？她笑一笑说，饿了喝茶水，吃一个苹果。再饿了，就吃一块小零食。

她说，这样做，主要是为田井安做示范，让他节食。

的确如此。进入这种生活轨道之后，田井安的身体更加康健。他身高一米六九，原来体重 170 斤，现在呢，减去十分之一。原来灰头土脸，现在满面红光。

田井安现在在小区内打扫卫生、清理垃圾、养护花草。

说起这些，想起这些，田井安常常禁不住发笑。

是的，过去几十年，总在想方设法地除草灭草，而现在，竟然要千方百计地种草护草。

比如说，他们小区有一种绿化草，名为黑麦草。这种草，外貌极像小麦，是一种多年生植物，生长快、耐低温，可以生长两年以上；还有一种草，极像玉米苗，名曰早熟禾。这种草更皮实了，可以忍受零下 20 摄氏度的低温。

常常地，他想，自己不是生活在童年的梦想中吗？

有时候，他也到老家原址上走一走。那里已经规划为金融区，新建筑还没有动工。三间土屋早就拆除了，被夷为平地，但老宅西侧的观音庙遗址隐约可见。找到观音庙，就找到了原址。

哦，那是田家祖祖辈辈几百年的老家啊。

脚踏实地，心潮汹涌。前世今生，恍若梦中。

偶尔，他也怀念小麦。

前几天，他央求李淑梅开车，带着自己，到远处看望小麦。

正值 3 月下旬，春光明媚。小麦正在返青，正在挺起腰来，但还是低低的，弱弱的。

他趴到地上，深深地闻一闻，似乎有一种灵魂深处的亲热和醇香。

哦，这生命中最重要的伙伴，虽切近，却又遥远；是拥抱，更是告别。

## 巨笔画明珠　光芒照未来

雄安，古称督亢之地。“督”为统领、中央之意；“亢”

为要害、高度，合起来意思是统领要害或者中央高度关注之地。自古以来，兵家必争，乃入燕的战略要津。

雄安新区位于河北省中部，地处北京、天津、保定腹地，包括雄县、容城县、安新县三县及周边部分区域。划区之前，在浩瀚的历史长河中，在战争与和平的波峰波谷之间，该地就像一艘船，载着男女老少，在白洋淀暗暗地泅渡。

党的十八大以来，中共中央总书记、国家主席、中央军委主席习近平多次深入北京、天津、河北考察调研，多次主持召开中央政治局常委会会议、中央政治局会议，研究决定和部署实施京津冀协同发展战略。习近平明确指示，要重点打造北京非首都功能疏解集中承载地，在河北适合地段规划建设一座以新发展理念引领的现代新型城区。

习近平总书记郑重告诫：雄安新区将是我们留给子孙后代的历史遗产，必须坚持“世界眼光、国际标准、中国特色、高点定位”理念，努力打造贯彻新发展理念的创新发展示范区。

2017 年 4 月 1 日，中共中央、国务院印发通知，决定设立河北雄安新区。实现中华民族伟大复兴中国梦的又一重大国家战略，落笔河北雄安。

千年大计，需要功成不必在我的精神境界。燕赵大地上奏响开创历史、引领高质量发展的澎湃乐章。

聚全球之智，汇各方之力。雄安新区坚持规划引领，累计安排1000多名国内外专家、200多支国内外团队，2500多名专业技术人员参与规划编制工作。可以说，雄安新区规划编制是新中国成立以来，全国关注度最高、动用机构最多、涉及领域最广、集聚人才最多的一次城市规划编制。

一张蓝图绘到底。“谋定”之后的雄安新区，各项建设发展迅速启动。从2019年实现以规划为重点向以建设为中心的重大转变，到2020年进入大规模建设新阶段，再到2021年进入承接北京非首都功能疏解和大规模开发建设同步推进的重要阶段，在雄安新区这片热土上，20多万名建设者不断创造崭新的“中国速度”“中国质量”。

未来之城雄安，沐浴着和煦春风，每一天都在拔节生长——“百日成廊”“雄安第一个大型建筑群112天完工”“同样的项目其他地方干3年，雄安1年建成”……建设工地昼夜不停，发展势不可挡。

践行习近平总书记嘱托，各路建设者们忘我奋战，创造了雄安新区高效率高质量建设的奇迹。截至2021年年底，新区累计实施重点项目177个，总投资超过6000亿元，完成投资量3500多亿元。新区外围500多公里7条高速国省道骨干路网、城市管廊、城市生态廊道和绿谷水系及200年一遇的环起步区100多公里防洪堤构成雄安新区配套基础设施体系，城市框架正全面拉开。以“一张白纸”为起点的雄安，如今城市风貌逐步提升，启动区容东等重点片区和重大项目建设加速推进，一座新时代高质量发展的全国样板之城正在一步步走来。

展望未来新征程，继深圳和浦东之后，在这里，人们将看到新时代中国发展的新亮点，瞭望到中华民族伟大复兴的绚丽前景。

看雄安，望中国，新的改革时间开始了。

未来，已经到来……

# 2018

经济运行保持在合理区间。国内生产总值比上年增长 6.6%，总量突破 90 万亿元……

我们隆重庆祝改革开放 40 周年，深刻总结改革开放的伟大成就和宝贵经验，郑重宣示在新时代将改革开放进行到底的坚定决心，激励全国各族人民接续奋斗，再创新的历史伟业……

这一年，我们迎难而上，三大攻坚战开局良好，宏观调控目标较好完成，高质量发展动力强劲；我们锐意进取，全面推进党和国家机构改革，全面实施市场准入负面清单制度，改革开放春潮澎湃；我们胸怀世界，成功举办上合组织青岛峰会、中非合作论坛北京峰会，大国外交举世瞩目……事非经过不知难，成绩来之不易，这是以习近平同志为核心的党中央坚强领导的结果，是亿万人民团结一心、砥砺奋进的结果。满怀创造历史的壮志雄心，我们在新征程上写下新篇章。

如月之恒，如日之升。时间不会停止，脚步也不会停滞。回首雄关漫道真如铁，感悟人间正道是沧桑，展望长风破浪会有时，在奔涌不息的时间长河中，我们仍将不舍昼夜、一往无前。

——摘编自2019年《人民日报》元旦献词《创造无愧于伟大新时代的新辉煌》

# 老 兵

片尾曲缓缓响起，灯光骤然雪亮。

偌大的电影院里，空空荡荡。密密麻麻的座椅间，只有一个瘦高的老年观众，直挺挺地站立着。

这时候，屏幕上呈现两行大字：“伟大的抗美援朝精神历久弥新！”“伟大的中国人民志愿军烈士永垂不朽！”

老人庄严地举起右侧蒜锤般的残臂，敬了一个军礼。

2021 年国庆期间，抗美援朝题材电影《长津湖》全国热映。为了致敬这位 70 多年前在朝鲜战场浴血奋战的一级伤残军人，四川省广元市昭化区与相关部门特意为他举行了专场放映。

放映结束后，举行座谈会。

区委书记热情地走过去，习惯性地伸出右手，准备相握，却突然意识到了他的双手缺失。一时间，竟然局促不安、手足无措。

但仅仅凝滞片刻，区委书记便直接上前，将老人拥抱在怀，紧紧地拥抱，久久没有松开。

全场静默，泪光闪闪……

## 一、秃肘肘

1933 年 12 月，李化武生于大巴山深处的四川省广元县中漕村。全家 7 口人，挤住两间茅草房。兄妹五个，都没有读书。不到 10 岁，他便为地主放牛。

中华人民共和国成立后，生活刚刚好转，抗美援朝战争爆发。

1951 年 4 月，他主动报名参军。

那时，他还未满 18 岁。

17 岁，首次去远行，前方是战场。

他们步行来到一个山沟，换上军装。几天后，坐汽车到宝鸡；又停一周，乘闷罐火车，三天三夜，抵达丹东。

在那里，进行了为期一个月的军事技能和时事培训。他主要学习60炮（60毫米迫击炮）发射，瞄准目标，判断敌方距离，调整角度和射程。

很快,他完成了从一个瓜娃子到一名志愿军战士的转变!

班长肖贵村，四川人；排长姓高，云南人。高排长和肖班长，训练时铁面无情，生活上亲如父兄，不仅睡觉时给他压被子，还帮他写家信。

他个子高、力气大，肖班长让他负责背运炮架和炮弹。

战争期间,朝鲜平原地带的房屋,几乎全被炸毁。冬天，冰雪覆盖，气温低于零下30摄氏度。部队只能露天宿营。在雪地上铺一块油布，两人一组，躺倒睡觉。战士们穿着棉衣棉裤，头脚穿插着挤在一起，相互取暖。即使这样，每躺下两三个小时，站岗的哨兵就要叫醒大家起来活动，搓手踢腿，蹦蹦跳跳，等到身上回暖，嘴里哈出热气，再躺下。如果不这样，就会被冻僵甚至冻死。

后勤供给时时可能中断，雪拌炒面是家常便饭。坑道里不能洗脸刷牙，每个人身上都生满虱子，蓬头垢面，又脏又臭……

第一次投入战斗，是1951年11月的一个傍晚。密集的枪炮声响起，本来紧张害怕的他，霎时忘掉一切。经过

4小时的战斗，他和战友守住了阵地。

而后，就进入了紧张的战斗生活。

平时，就是保养武器，他把60炮当作最亲密的朋友，托在掌上，抱在怀里。作战时，每每冲锋号响起，他就扛着炮架和炮弹，飞跑向前，寻找最佳炮位。

当年12月，李化武所在部队开赴轿岩山，阻击敌军。一天晚上，敌军连攻3次，先炮轰，再冲锋，均告失败。

又一轮进攻开始了。

突然，炮弹尖厉的呼啸声从高空传来。未及细想，他跳进身边最新炸开的弹坑，双手护头，顺势趴下。炮弹在附近爆炸，他两眼一黑，昏了过去……

3天后，他有了一丝感觉。右眼黑漆漆，刀绞般疼痛，只有左眼前面晃动着一缕光明。他想用手揉一下，却发现双臂被木板紧紧夹住。拼命睁开左眼，模糊的视线里，自己的双臂，都没有了。

这只是前线战地医院的临时抢救。他的伤势太严重，必须马上回国做手术，若非如此，性命难保。

可归国的路啊，何其艰难！由于战场相互交叉，交通时时断绝。他只能躺在担架上，辗转转移。有一次，竟然在一个冰窟般的隧道里滞留一周。想想吧，一个双臂断裂、眼球溃烂的伤员，颠簸在零下30摄氏度的冰天雪地里，是何等的煎熬！

心如刀割、撕心裂肺、痛彻心扉、痛不欲生，等等等等，这些古往今来形容极端疼痛的词语，用在彼时的李化武身上，全都是小巫见大巫啊。直到现在，我几乎查阅了所有辞典，也实在找不出一个匹配的词语。

我们只能想象，我们不忍想象！

一个多月后，他才被送到黑龙江省北安县医院，取出了早已坏死的右眼球，并进行了第二次残臂切除手术。

从此，他彻底失去了右眼和双前臂。

不久，他被民政部门评定为一级伤残军人。

## 二、零起步

伤情稳定后，他被送进四川省革命伤残军人休养院（简称荣军院）疗养。在这里，吃饭有人喂，衣裤有人穿，便溺有人帮。

没有双臂、没有右眼，什么也不能干，每天只是吃、喝、呼吸吗？不，除了呼吸，他连吃喝的能力也没有啊。

李化武情绪低落，甚至想轻生。医护人员告诉他，全班战友都牺牲了，只有他幸存下来，还给他讲述保尔·柯察金的故事，一遍遍朗读长篇小说《钢铁是怎样炼成的》。慢慢地，他被主人公钢铁般的意志感动了，决心也要那样去生活，替逝去的战友坚强地活下去。

下定决心后，李化武选择从学习吃饭开始。

两只残臂太短，均从肘部炸断。他让医护人员在右臂残端系上手帕，将勺子插入，再用牙齿勒紧、固定，而后哆哆嗦嗦地向着嘴巴方向靠近。最初，无论怎么努力，饭菜也送不到嘴里，反而把桌上弄得一片狼藉。医护人员心疼他，说："您是英雄，我们的工作就是照顾您。"他说："保尔双目失明、全身瘫痪，还能坚持写作呢。"

继续练习，10次，100次，1000次，1万次。10多天后，当自己把第一口饭菜送到嘴里时，他激动得泪流满面。

反复练习一个月后，李化武终于可以熟练地用汤勺吃饭了。

信心大增的他，接着练习并学会了穿衣服、洗漱、上厕所等基本的生活技能。

生活基本自理之后，李化武又有了新目标——脱盲。自己一字不识，在新社会如何生活啊？

这个过程与练习吃饭相似，需要用手帕固定铅笔。

刚开始，铅笔触及纸，稍一用力，断臂就禁不住地颤抖，笔尖更是乱戳。费尽九牛二虎之力，甚至写不出一个笔画。他日夜揣摩、反复练习，寻找感觉。一个月后，终于可以写字了。

两年后，李化武不仅掌握了1500个汉字，还学会了看报、写信。

他还踊跃参加集体活动，主动开导、安慰其他伤病员。他常常陪着失明的战友出去遛弯儿、晒太阳，还教战友们读书、看报。

凭着良好表现，李化武被评为二等休养模范。

1956年1月，他用颤抖的右臂，工工整整地写出了一份入党申请书。不久后，他光荣入党。

这期间，在组织帮助下，他认识了南部县谢合乡女青年杨正清。两人一见倾心，当年就领取了结婚证。

1957年5月，荣军院成立伤残军人演出队，李化武和5名上肢残疾的战友经过苦练，学会了吹口琴，可以演奏《中国人民志愿军战歌》《我的祖国》《我是一个兵》等曲目。

次年3月，时任中央人民政府内务部部长谢觉哉来到成都，观看荣军院演出队的演出后，深受震撼。

1958年5月26日，李化武随演出队赴京演出。

《人民日报》《光明日报》《中国青年报》先后报道。八一电影制片厂根据他们的故事，专门摄制了电影纪录片《最坚强的人》。

而后，他们赴全国各地巡回演出。

十个多月，他们走遍了大半个中国，在天津、南京、上海、济南、广州等城市巡演300多场，观看人次上百万……

这是李化武一生中最骄傲的日子！

通过巡演，李化武深切感受到：新中国在中国共产党的正确领导下，发生了翻天覆地的变化。在荣军院里，伤残战友们有的种菜、养猪，有的缝纫、绣花，有的修理三轮车、皮鞋，大都找到了继续奋斗的"战场"。自己才20多岁，虽然缺少两只手和一只眼，但嘴巴还能说话，双腿还能走路，难道让国家养活一辈子吗？不能，绝对不能！

不久，李化武再次用颤抖的右臂，工工整整地写出了一份申请书——回家种田，支援农业！

这出人意料的举动，让所有人大吃一惊。因为国家明确规定，像他这样的一级伤残军人，由民政部门设置专门机构，供养终身。

他，完全可以过着“衣来伸手、饭来张口”的安逸生活啊。

但他，决心如磐！

## 三、回故乡

1963 年 3 月，四川省民政厅终于为李化武办理了分散供养手续，同意他返乡务农。鉴于他的特殊身份，组织同时出具了一份证明：随时回归，终生有效！

就这样，李化武回到了老家中漕村。

刚刚回村时，他内心似乎有些自卑，经常靠在墙角，默不作声。村民们见到他，好奇地询问。他告诉大家，自己在战场上受伤了。

你的手呢？

没了。

有人小心翼翼地走上前，摸一摸他的两个袖管，软塌塌、空荡荡的。村民们惊呆了，不晓得怎么安慰他。

没想到，他反而安慰大家：“没的事，没的事，我啥都能干。”

确实，人们很快就发现，他除了没有双手和右眼，说话、唱歌、写字、说故事、讲道理等，都比别人强多了，更别说他去过北京，受到过那么多党和国家领导人的接见。

但话说回来，学农活也是学技术，也需要绣花功夫。而“绣花”，首先要有手啊。

只是他，偏偏没有。

这就注定了要吃更大的苦。

担粪时，用肩胛窝夹着长粪勺，自己舀，担起来无法换肩膀，更不能扶稳扁担。爬坡上坎，难以平衡，经常跌倒打翻，溅得浑身都是。

耕田时，牵牛的绳子只能缠绕在断臂上。牛骤然加快，把他的断臂拉出了血。

耙冬水田最难。没有手去牵牛鼻绳，就套在一只秃肘上。没有手去掌耙尾，就套上一个圈圈，把另一只秃肘穿进去。开始时，踩不住耙，常常摔在泥水里，冷得直颤抖……

百次、千次地练习，他的动作逐渐熟练，并与牛交朋友，配合更加默契。

没有很长时间，他学会了各种农活。

最自豪的是，双手没有了，力气却大。扛过迫击炮的肩膀，格外硬实，竟然可以负重180斤。交公粮时，村民们背着大背篓，步行8里送到粮站。别人中途歇几次，需要半天时间，只有他健步如飞，像当年在战场上扛着60炮飞奔一样，一口气就走到了终点。

年底，生产队评工分。没有双臂的他，被评为最高的10分。

但是，随着6个孩子陆续长大，父母身体渐渐衰老，家庭负担日益加重，李化武的生活越来越困难。

每年冬天，他都要向生产队借粮。

“还记得20世纪70年代初冬的一天，李化武来找我爸爸，向集体借储备粮过冬。当时，我还小，也不懂事，想看看没有双手的他如何写借条。只见他趴在桌上，把笔插在右臂的拴绳里，端端正正地写出了一个借粮条，比当时上小学的我写得好多了。”云雾村村民徐怀明的父亲是当年的村支部书记，对于那一段往事，他记忆犹新。

最困难的时候，战友们纷纷来信，劝他回归荣军院。但他表示，决不后悔。

改革开放之后，土地包产到户。李化武和妻子每天天不亮就起床，白天在田里躬身劳作，夜幕降临了，才背着柴火回家。他们用自己的汗水，辛辛苦苦地拉扯着6个子女长大成人。

当然，国家没有忘记他。

1985 年 11 月，民政部门出台相关政策。当时，他生活在偏远农村，信息闭塞，但工作人员还是辗转找上门，主动帮他将 6 个子女全部转为城镇户口，并陆续安排工作。

1993 年，广元市民政局在市区为他协调安排了一套面积 74 平方米的公租房。房子没有电梯，为了他行动方便，特意安排在一楼。

国家感谢他，他也是时时感恩国家呢。

搬进新居不久，他发现同单元七楼住户也是一位伤残军人，而且是腿部受伤，上楼吃力。于是，他主动找到组织，要求互换，没有任何条件。

房管部门的工作人员都瞪大了眼，这年头，还有这样的“傻”人吗？相同面积，没有电梯，一楼和七楼，价值差距巨大啊。

家人也不同意。你年纪更大、伤残更重，难道不担心爬楼困难吗？

他说，都是伤残军人，应该互相体谅。我现在还活着，可朝鲜战场上的战友们呢？这位同志，就是我的战友啊！

家人和工作人员，都不说话了。

## 四、困难是什么

20 世纪 90 年代之后，随着市场经济的全面确立和国企改革深化，不少人转岗和下岗了。李化武的儿女们也在此列，家里的生活一时陷入困境。

有人劝他，你是一级伤残军人，是老英雄，生活不能自理，可以找找组织，把儿女们调整到有稳定收入的单位。

但他，决不给国家找麻烦。

他说，我的战友们年纪轻轻就为国捐躯了，他们牺牲之前提过什么要求吗？我侥幸活着，已经享受了国家的优厚待遇，我不能再给国家添麻烦了。我们小家暂时有困难，但国家也有困难啊，小家能向有困难的国家提要求吗？不能！

他拿出自己的抚恤金，鼓励和支持儿女们自力更生、自谋出路。

大女儿李开香在路旁租下一间小房，开办了一家擦鞋店；二女儿李开碧患有严重风湿病，只能在家休养，其丈夫便进入一家金融机构打工；三女儿李开芬走进一家超市，销售调料和土特产；四女儿李开会从食品厂下岗后，因生活困难，患上严重肾炎，刚刚 30 岁就去世了；五女儿李开琼则跟着大姐，也以擦鞋为生计。最小的孩子，也是唯一的儿子李开杰，从业最杂，受苦最多。他先是为液化气公司运送气罐，接着开办录像厅，后来到山西下煤窑，在建筑工地上做电焊工，再后来，受聘开货车、跑运输。

那些年，为了渡过难关，他和老伴也成了几个孩子的家庭保姆，承担起了买菜、做饭、送饭、看店、接送孩子上学的任务。

可喜的是，几年过后，孩子们生活都有了根本好转。最让他挂心的小儿李开杰，2005 年也买下了一套 105 平方米的商品房。

经过几十年岁月的磨砺，高度残疾的李化武，练就了一身的“本领”：吃饭、穿衣、洗脸、刷牙、做饭、冲茶、刮胡子、洗碗、洗衣服、系腰带、如厕等等生活技能，他基本都掌握了。

惟一的困难是解扣和系扣。好在，他有亲爱的家人帮助。其实，我们每一个人的生活，不都是需要别人帮助，同时又在帮助别人吗？我为人人，人人为我。这，就是有情有爱的人世间啊！

他的两个残肘，早已长成自然断面，类似一双攥紧的小拳头，皮肤红润、感觉灵敏。惟在阴雨天时，略有丝丝麻麻的痛感，像针扎。

他的右眼，原来安装一枚假眼球。但随着年龄增大、皮肤老化，每每一用劲，眼球就会脱落出来。这时候，捡起来，洗一洗，再塞进去。这些年来，他也不去顾及了，不再安装假眼，顺其自然。

残眼虽然完全失明，却似乎仍有泪腺。天气冷热变化强烈时，依然会流泪，会流出清清亮亮的眼泪。但毕竟是残眼啊，偶尔分泌黄黄的黏液。那是发炎了，需要马上消毒。

生活啊，剥夺了他的一只右眼和两只手臂，却赐给了他一颗坚实的心！

## 五、幸福是什么

80 岁之后，李化武爬楼困难了，便和儿子住在一起。

为了照顾父亲，儿子置换了一套电梯公寓房，就在嘉陵江畔。

李化武每天的生活，就是坐在家里看电视，困乏了，就走出去，沿着嘉陵江两岸散步。

他常常凝视着巍巍青山，遥望着湛湛蓝天，他又想起了高排长、肖班长和战友们。再想想自己的幸福生活，不禁潸然泪下。

这些年，中国社会发展全面进入新时代，生态环境在一天天改善，各方面都在一天天好起来。

2017 年，家门口的西成高铁开通，自古蜀道难于上青天，而今蜀道通车不再难。

2021 年，我国全面建成小康社会！

李化武生活的城市，也在一天天美丽起来。以前，楼房最高 7 层，现在超过了 36 层，而且处处是公园。嘉陵江上，原来只有一座桥，现在已有十几座了。

战场归来几十年，老兵李化武用自己仅存的左眼，看着新中国一步步走向繁荣，走向强盛，走进新时代。

作为一个久历世事、饱经沧桑的老者，他要把自己 80 多年的所见所闻、所感所悟讲出来，向着青山讲，向着青年讲，向着社会讲，向着世界讲……

于是，这些年来，他在社会各界频繁宣讲。

在学校里，他讲感恩，讲珍惜。他用自己的经历，告诉孩子们美好生活来之不易。只有好好学习，努力成才，才能回报父母，回报国家。

对机关干部，他讲勤政，讲敬业，鼓励他们勇于拼搏和奋斗，勇于担当和付出。

对部队战士，他讲奉献，讲纪律。作为军人，就是要不怕牺牲，为了党和国家的根本利益，要勇于冲锋、敢于牺牲……

现在是商品社会，收费是常态。

像他这样的资历，宣讲一堂课的劳务费，可以达到1000元或2000元，最低也要500元。

但他，坚决不要，从来不要，宣讲无数，分文不取！

他说，我是志愿军老兵，国家有优厚抚恤。我决不收费，我只尽义务。

他，本质上是一个朴实人啊。

一次，有关部门在介绍他时，说他获得过二等功。其实那是当年在荣军院时，他表现优秀，被评为二等模范。他一听，就火了："荣军院是和平环境，只是流汗。而二等功是战场上用流血、用生命搏来的，太不容易嘞。战友们都牺牲了，什么功也没有，我有什么脸面在这里贪功？"

他说，我很普通，只是做了一个战士应该做的。评功是要有战果的，炮兵很难统计。我能活下来，已经比战友们幸运多了。

没有当年的幸运，哪有今天的幸福？

## 六、老兵永恒

每逢宣讲，李化武总是身穿老式军装，仿佛这样就回到了青春时代。

的确，他的思想永远青春。他的讲述，既有当年的故事，又有时代的气息，常常引发听众的共鸣，掌声不断。他用残臂致敬的军礼，更是让现场听众热泪盈眶……

的确，虽然时代已变化，虽然现实够浮躁，但一些恒定的核心精神，永远不会变。他的现身说法，他的真诚讲述，仍然让今天的人们震撼。

当地大学生军训时，他总是上第一课。

那一天，阳光猛烈，烤得大家满头流汗。但他一直站着讲，讲他 17 岁上战场的故事，讲他 18 岁断双臂的经过，讲他 19 岁学吃饭的感受……

火辣辣的太阳下，口干舌燥。让他喝水，他拒绝了；建议中途休息，他也没有同意。为什么？水喝多了，会上厕所，会给工作人员添加麻烦；中途休息，会耽搁娃娃们宝贵的学习时间。

强光刺激着他的眼窝，泪水流出来了。他从军装里伸出两只肉肉的秃肘肘，熟练地夹起工作人员递来的一片纸巾，快速地擦拭一番。右眼没有眼球，却有泪腺，经常感光流泪。

“我不是害怕，更不是害羞，是老了。让娃娃们见笑了。”他不好意思地说。

这些十八九岁的孩子，惊叹不已：“老爷爷像我们这个年龄时，已经保家卫国了，而我们呢？为什么连军训的苦也受不了？”

烈日下，孩子们都感动得流泪。

夏天晚上座谈时，天闷热，灯雪亮，飞虫多，咬人。别人可以用扇子、用手臂驱赶。他不能，只是直挺挺地坐着，纹丝不动，像一尊黑色的雕塑。

党史学习教育时，他在烈士陵园讲战争故事。工作人员为他准备了椅子，他不坐，只是站着讲。讲了一个小时，听众们累了，纷纷坐下，可他仍然笔直地站立着。

他说，面对烈士，面对战友，我怎么能坐下？

平时走路，他也总是昂首正视、步履稳重。从背后看，虽然两个袖管空空，但劲风吹过，更加威武，更加刚硬。是的，这个年近九旬的老兵，习惯于敬礼，习惯于挺胸，还保留着许多军人习惯。路人都会说，这是一个军人，标准的军人。只是路人不知道，这是一位参加过抗美援朝战争的一级伤残军人！

2021 年国庆，抗美援朝题材电影《长津湖》热映。

长津湖，与李化武受伤的轿岩山距离不远、环境相似。

看着电影里的画面，想到当年的烽烟岁月，眼泪在眼眶中打转。

当电影里的战士们集合时，他也不自觉地站直身子，举起右臂，大声地报出了自己的部队番号和姓名：“我是中国人民志愿军 12 军 35 师 105 团 3 营 7 连 4 排 60 炮班战士李化武！”

他直挺挺地站立着，早已泪流满面。

向战友致敬！

向岁月致敬！

向历史致敬！

## 聚是一团火　散作满天星

早在革命战争年代，就有一批又一批军人到地方工作，为夺取中国革命胜利建功立业。

中华人民共和国成立后，大批退役军人到地方工作，为加强政权建设、恢复和发展国民经济作出了重要贡献。

新的历史时期，广大退役军人顾全大局、无私奉献，成为改革开放下的时代建设者，取得了骄人业绩。

为了让军人退役之后能够安身立业，为了使烈属等优抚对象生活水平得到较好保障，我国逐步创新做好优待抚恤工作，这也成为关系形成关心国防、尊崇军人职业的社会风气，夯实国防和军队建设的基础的重要工作。

在接见第六次全国军转表彰大会暨2014年军转安置工作会议代表时，习近平总书记动情地说："见到大家感到十分亲切，因为我也是一名军转干部。"

2015年9月2日，中国人民抗日战争胜利70周年纪念章颁发仪式在人民大会堂隆重举行。习近平总书记为30名代表颁发纪念章并发表重要讲话。总书记深情的话语响彻会场："我们要铭记一切为中华民族和中国人民作出贡献的英雄们，崇尚英雄，捍卫英雄，学习英雄，关爱英雄，勠力同心为实现‘两个一百年’奋斗目标、实现中华民族伟大复兴的中国梦而努力奋斗！”

在总书记的关心推动之下，国家确定了中国人民抗日战争胜利纪念日、中国烈士纪念日、南京大屠杀死难者国家公祭日，颁布了《中华人民共和国英雄烈士保护法》，让中华民族在每一个值得纪念的日子共同铭记历史、缅怀英烈。

改革率先从组织机构开局起步。

2018年4月16日，退役军人事务部挂牌成立。

2018年8月，退役军人事务部等军地12个部门联合印发《关于促进新时代退役军人就业创业工作的意见》。意见指出，促进退役军人就业创业，对于更好实现退役军人自身价值、助推经济社会发展、服务国防和军队建设都具有重要意义。

之后，退役军人事务系统改革梯次接续、前后衔接、压茬推进，截至2019年3月底，全国县级以上退役军人事务厅局全部挂牌运行。

与此同时，各级退役军人事务机构和服务中心（站）抓紧建立和完善，并根据“有机构、有编制、有人员、有经费、有保障”的要求，加快实现全覆盖。经过努力，一个横向到边、纵向到底的退役军人服务体系已经初步形成。

一块块小小的光荣牌，分量重千钧；一声声体贴的知心话，催人泪纷纷。

这份感动，被广大退役军人转化为“退役不褪色，建功新时代”的磅礴力量。广大“最可爱的人”始终牢记领袖嘱托，在各行各业继续发光发热。

从部队退役后，段宗元被分配到地方工作，全国扶贫攻坚战役打响，他放弃城里舒适的生活，主动请缨到扶贫第一线；拜克明从部队退役到供电公司当了一名普普通通的电工，30 多年来，他栉风沐雨、刻苦学习、致力创新，成为一名跨专业复合型技术专家；湖北战友集团董事长杨建桥，自主择业后从送菜起步，逐渐把企业做大做强；中国航发集团沈阳黎明航空发动机有限责任公司的李志强，突破技术难关，成为一名为国争光的大国工匠；广州海关归类分中心的甘露，由军队转战海关，从外行变成内行，成长为一名国际海关税务专家；济南市公安局特警支队排爆中队的张保国，排爆 20 年，出生入死，和同事一道守护着一座城市的平安——聚是一团火，散作满天星，还有很多很多的退役军人，在各条战线上书写着各自的精彩。

党的十八大以来，伴随着多项政策相继出台、安置任务有效落实、服务保障重点落实、就业创业大力推动，广大退役军人感受到了实实在在的温暖：400 万名退役军人得到妥善安置，抚恤补助标准连年提高，部分退役士兵社会保险得以接续，退役军人就业创业环境不断优化……

展望明天，退役军人工作将更加高扬风帆、破浪远航。

# 2019

经济运行总体平稳。国内生产总值达到 99.1 万亿元，比上年增长 6.1%……

我们隆重庆祝中华人民共和国成立70周年，极大激发全国各族人民的爱国热情……

这一年，中华民族千百年来的绝对贫困问题将历史性地画上句号，如期实现第一个百年奋斗目标。近 14 亿人口的大国实现全面小康，这是人类历史上的里程碑事件。

这一年，我们将为实现第二个百年奋斗目标打好基础，乘势而上开启全面建设社会主义现代化国家新征程。这既是决胜期，也是攻坚期。

“大舸中流下，青山两岸移”。从全面建成小康社会到基本实现现代化，再到全面建成社会主义现代化强国，是新时代中国特色社会主义发展的战略安排，是中华民族实现伟大复兴的历史大势。

——摘编自 2020 年《人民日报》元旦献词《决胜全面小康　迈向新的征程》

# 秀 儿

2018 年 3 月 26 日上午，广西壮族自治区百色市乐业县新化镇百坭村党支部书记周昌战接到镇政府电话：上级给村里派来驻村第一书记，你过来先见上一面。

周昌战匆匆赶到镇党委办公室。

镇党委书记指着从座椅上站起来的一位年轻姑娘说：“这是黄文秀同志，你们的驻村第一书记。”

这位面带微笑的年轻姑娘，个头儿不高，圆圆的脸庞，戴一副宽边眼镜，扎着高高的马尾辫，白白净净，文文弱弱。

周昌战的心底不由得“咯噔”一下。“这姑娘在我们这儿，能干得下去吗？”第一次见黄文秀，周昌战在心底悄悄打了一个大问号。

## 一、超强战队

百坭村，下辖 11 个自然屯，散居在起起伏伏的大山深处。

全村 472 户 2067 人，人均年收入不足 3000 元，村集体收入为零，属于深度贫困村。工作之复杂，条件之困难，自不待言。

与村干部们见面之后，大家共建了一个微信工作群。

黄文秀为这个群取了一个响亮的名字——“百坭乡村振兴地表超强战队”。

她的住处，就在村部。窗外庄稼碧绿、河水清清，远处山峰叠翠、云雾缭绕。景色太美了。只是，在贫穷面前，美丽也会失色。

上任第二天，村头发生一起严重的交通事故：一辆卡车碾死一个村民。

消息传来时，黄文秀正在和大家座谈。初来乍到，情况不熟，她本可以回避。但她毫不犹豫，起身就跑向了车祸现场。

死者尸体还没有掩盖，脑浆迸裂、血肉模糊。

处理完事故，周昌战对她说：“今晚让妇女主任陪你吧，你一个人会害怕的。”

“不怕，我要挑战自己，不然怎么驻村呢。”

第二天，黄文秀对周昌战说：“昨天晚上，真是胆战心惊睡不着，就连一只蚂蚁在地上爬，我都能听到。”

不过，从此之后，黄文秀果真大胆起来。

## 二、穷孩子

1989 年 4 月 18 日，黄文秀生于百色市田阳县德爱村一个壮族家庭。

这里位于三县交界处，别说县城，距离乡政府也有 40 多里。而且，此地是典型的石漠化地区——土地贫瘠、干旱缺水，不能生长高产水稻，只能种植玉米、甘蔗等。

由于自然条件恶劣，政府号召易地搬迁。

1992 年，黄文秀一家迁至县城 10 公里外的一个林场附近，租种了 10 亩土地。住处呢，先是租借。直到两年后，才盖起三间简易平房。

由于家庭贫困，黄文秀从中学开始，年年享受国家助学金。

2008 年夏天，她高中毕业，考入长治学院政法系。

本科毕业后，黄文秀考取北京师范大学哲学与社会学学院硕士研究生。

彼时的黄文秀，课余时间在外打工，暑假也很少回家。她朴实又勤奋，善良又可爱，同学们都亲切地唤她“秀儿”。

## 三、麻柳话

驻村第一步，必须摸清贫困情况。

黄文秀列出了全村2014年以来的贫困户数、脱贫户数、返贫户数。按照上级要求，2018 年全村预脱贫计划为 88 户共 419 人。

以村部所在地百布屯为中心，其他 10 个自然屯散落在山沟沟里。每个屯与村部之间只有一条弯弯曲曲的山路连接。最远的长沙屯，离村部 30 里。

第一站，黄文秀走进百爱屯。

“大婶，我是新来的驻村干部。请问，韦胜双家在哪里？”

大婶“叽里咕噜”吐出一串方言。黄文秀听不懂，一脸茫然。

这里的村民通常讲桂柳方言，虽能听懂普通话，但都不会说。

正在这时，迎面走来一个女孩。在女孩指引下，她总算找到了韦胜双的家。

“笃笃笃！”黄文秀敲了敲门。一位中年男子探出头，正是韦胜双。

走进院子，黄文秀找了个石凳坐下，从双肩包里掏出几张表格，拿出笔记本，开始询问情况。

但韦胜双低下头、抽着烟，任凭怎么问，什么也不说。

随后，她来到了贫困户黄世亮家。

黄世亮也是吞吞吐吐，不说话。那意思很明显：你一个小女娃娃，能帮我们解决问题吗？

又是一个“软钉子”。

黄文秀再去敲梁家忠的大门，但老梁挡在门口，坚决不让进去。

两个“软钉子”之后，又吃一个“闭门羹”。

转了大半天，什么信息也没有搜集到。晚上回到宿舍，她越想越难过，禁不住趴在床上，“呜呜”痛哭起来……

第二天，周昌战语重心长地开导她，说：“农村认人情，老百姓跟你熟了，自然接纳你。”

黄文秀心头一亮。是啊，自己初来乍到，就拿着本子问人家各项收入，对方肯定有顾虑。看来，首先要改变自己。

此后，黄文秀再去走访，先脱下外套，帮他们干家务，然后才话家常、摸情况；贫困户不在家，她就找到农田里，一边干活一边聊天。

为了消除语言障碍，黄文秀下功夫学习桂柳方言。

“嫩子”（怎么样）、“更子”（这样子）、“过笼”（太过火）、“发气”（生气）。

“你想嫩子？我就更子……”

她一句一句反复练习。

“一过奶老坐在马卵古高头打唧衣（一位老奶奶坐在鹅卵石上面织毛衣）。”几天后，桂柳话的这个“绕口令”，黄文秀也能流利地说出来了。

有一天，一个村民想逗逗黄文秀，递给她几个超酸的枇杷：“很甜，你尝尝吧。”

黄文秀接过来，咬一口。哎哟，酸得龇牙咧嘴。

另一个村民笑道；“你惹得太过笼，黄书记发气了。”

黄文秀说：“哎哟，你更子。枇杷真的好甜哟，甜得我牙都快掉了！”

看着她张嘴挤眼的样子，村民们都笑了。

开心的笑声里，双方的心，渐渐靠近了……

## 四、我要下乡

硕士研究生毕业时，黄文秀可以留京工作，可她执意回到家乡。

2016年7月，她作为广西壮族自治区优秀“选调生”，被分配到百色市委宣传部。

一年后，黄文秀主动申请到基层工作。

组织经过考虑，安排她到故乡田阳县，挂职那满镇党委副书记，这样离她老家近，又靠近城市。

2018年2月，市委号召机关干部到农村扶贫，担任驻村第一书记。她再次申请，希望去更艰苦、更偏远的基层农村。

于是，400里外的乐业县百坭村，便与她结缘。

乐业县，位于云贵高原东南麓、十万大山深处，地处黔桂两省三市（州）七县接合部，是百色市最贫困的区域，是国家扶贫开发工作重点县。数百个稀稀疏疏的小村，隐藏在大山的皱褶里，清清瘦瘦，愁眉苦脸。

## 五、咱村的女儿

者乐屯贫困户黄邦旋，是有名的倔脾气。

那天，村干部上门填写扶贫登记表，不料他把大门“咣当”一关，吼道：“不给我办低保，那我要‘贫困户’干什么？”

任凭怎么喊，就是不开门。

进不了门，填不了表，后续工作就无法进行。

黄文秀说：“我来试试。”

她一边敲门，一边打起亲情牌：“你姓黄，我也姓黄，我叫你哥吧。哥，你这么勤快，如果再加上政府帮助，一定能脱贫。你不开门，填不上表，不是要受损失吗？哥，有事慢慢说，好吗？”

门开了，黄邦旋还是黑着脸：“我为什么不能享受低保？你们不给办，我就不签字。”

黄文秀笑着说：“哥，你放心，只要符合上级政策，一定给你办。还有，你要是把果园管好，我还能帮你申请产业补助款呢。”

“说话当真？”

黄邦旋态度和缓了，黄文秀赶紧趁机做工作：“哥，我们认真研究过你家的情况，根据政策规定，真的不符合低保条件。但是，国家扶贫政策很多，何必只想着低保呢？低保只能解决基本生活。只有脱贫致富，好日子才最长久。”

黄邦旋若有所思。

黄文秀接着说：“你可以申请产业补贴资金，用这笔钱种果树。种得好，脱贫致富不成问题，比仅仅吃一点低保靠谱啊！”

黄邦旋脸上终于有了笑容：“小妹妹说得有道理。就冲你，我签字！”

在走访中，黄文秀发现，有些人不愿意承认自己是贫困户，有些人又争着做贫困户，有些人甚至质问：“谁谁家庭条件那么好，却是贫困户，我不服！”

黄文秀就耐心解释：能不能被定为贫困户，不是哪一个人说了算，而是按照政府统一的标准评定，评定过程很规范、很全面。

经过一次次耐心解释，这些农户才打消疑问。

经过一个多月走访，黄文秀基本掌握了全村情况：建档立卡贫困户195户883人，目前还有154户691人未脱贫，因学致贫和因残、因病致贫占比最高……

“要想富，先修路！”

全村 11 个自然屯，不是坐落在山顶上，就是蜷曲在山沟里。

虽说前些年修了几条砂石路，但坎坷不平，尤其雨季，路面坑坑洼洼、泥泞不堪，别说汽车，就连摩托车也难以通过。

更紧要的是，果园大多集中在山上。山路不通，农副产品运不出去，外来物资也送不进来。

黄文秀带着村干部天天踏勘，终于画出了详细的地形图，精确到每块农田、每个果园。

全村需要硬化的产业路，共 44 里。按照 4.5 米宽的标准，需要几百万元。

她和村干部努力向上级争取修路资金，并决定：先急后缓，分条分段，逐步修建。

即使能争取到资金，道路今年也不能完工啊。果子在一天天成熟，如果今年再运不出去，果农又要受损失。

他们决定：组织村民，自己动手，对破损路面先行抢修，作为应急之用。

山上的几个屯子极缺水，村民生活用水全靠蓄水池。可百果、那赖、长沙、百布 4 个屯的蓄水池老化、渗漏，经常干涸。

从 8 月开始，黄文秀带着修建蓄水池的方案，一趟趟跑往县水利局。

经过一番努力，4 座大容量蓄水池终于建好了。

山上屯子缺水，山下屯子却又常遭水灾。

那用屯 10 户人家，房屋都建在小河对面的堤坝上。村民外出、下田劳动、孩子上学，都要跨过一条小河。河上无桥。平时过河，村民们就用绳子吊起几根木杆，架在两岸，权当桥用。但到了雨季，河水上涨，木杆不是被淹没，就是被冲走，人们只能望河兴叹。

一次，黄文秀从县里请来一位技术专家，给村民讲授果树管理。恰逢刚下过雨，河水大涨，架在河上的几根木杆被冲得无影无踪。专家过不去，村民们也过不来。

无奈，双方只能隔着河，“喊”了一堂课……

黄文秀下定决心：“无论如何也要修一座桥。”

她向镇里和县里打报告，申请一部分资金，然后又发动群众出工出力，终于修起了一座真正的桥。

原来，村民们都称她“黄书记”。

后来，都喊她“秀儿”……

## 六、孝心

黄文秀是一个孝顺女儿。

上大学后，她就不再向父母要钱，而是自己打工。刚开始上街发传单，后来当家庭教师。几年下来，不仅挣下学费和生活费，还攒了几万元。2016 年她从北京师范大学毕业后，被广西壮族自治区招录为“选调生”，属于人才引进，国家补贴一笔安家费。她拿出其中一部分，帮助爸妈把那栋居住 20 多年的老旧小平房，改建成一栋两层的砖混小楼。

工作转正后，月收入稳定。为了回家和工作方便，她又交上首付，贷款买了一部白色越野车。

她想，这几年，趁自己没有结婚，要好好孝敬一下父母。

不想，祸事来了。

2019 年 2 月，父亲被诊断为肝癌，先后做过两次大手术。黄文秀十分揪心，常常痛哭。

当得知有一种特效药，她便马上委托在京的同学帮助购买。

## 七、从戒烟开始

村部里，抽烟的人多，环境卫生状况总是糟糕，桌子上、地面上到处是烟头、烟灰，开会时更是烟雾缭绕，咳嗽声一片。

一天，黄文秀说：“抽烟有害健康，大家都知道，但多年习惯一时也不容易戒掉。不过，我想给大家提一个要求，今后不乱扔烟头、不乱弹烟灰，好吗？”

几位村干部一愣。

黄文秀就笑着讲解抽烟的害处，还找出相关视频，向大家播放。

村支书周昌战多年烟不离手。黄文秀说：“周大哥，你要是能戒烟，我就奖励你500元。”

周昌战嘿嘿一笑：“一下子戒掉有点儿难。要不这样吧，先从乱扔烟头罚款做起，谁要是乱扔一个烟头，罚款5元！”

黄文秀一拍手：“好，一言为定！”

几天后的一次干部会上，黄文秀又把一个电脑放在桌上。

周昌战不懂：“这是干什么？”

“现在是信息时代，网络都普及到村里了，电子政务、电子商务是大方向。我发现，咱们村干部只有两个人会用电脑，这可不行。”

黄文秀把电脑向周昌战近前推一推：“村干部带头学电脑，从支书做起。”

“秀儿，我这么大年纪了，还能学会吗？”周昌战有些犹豫。

此时的周昌战，已和村民们一样，从最初叫她“黄书记”，到如今亲切地喊她“秀儿”。

“没问题，我来教你。”黄文秀笑着说，“学电脑可没有戒烟那么难。”

“好，好，我学。”周昌战连声答应。

不久，几个村干部不仅学会了打字、绘制表格、打印图片，还能在电脑上看文件、查资料了。

一些村民反映了去村部办事，常常找不见人的情况。

黄文秀便和周昌战商量，实行村干部值班制度，每天都要有专人负责接待群众。

## 八、砂糖橘

经过调研，黄文秀进一步认识到：导致贫穷的最根本原因是没有特色产业。

百坭村冬暖夏凉、降水丰富，特别适合种植砂糖橘。

其实，前几年，政府曾经号召种植，村民们也种了500多亩，但由于缺乏技术，很多橘树遭受病虫害，果实大小不一，且含虫量大。这样一来，果农丧失信心，放任其生长。黄文秀明白，要真正脱贫，必须发展特色产业，但也得有个成功的样板，把大家的心气再提起来。

怎么办？

必须选一个种植砂糖橘的“示范户”。

选谁呢？

班统茂！他年近五十，身体壮实，有30亩砂糖橘。更可贵的是，他爱动脑筋，摸索了一些种植经验。这两年，种砂糖橘赚的钱虽不多，但比种粮食作物强一些。

黄文秀找到班统茂，可他坚决不答应。

的确，当“示范户”，既没有经济补助，还要浪费自己的时间。

她三番五次做工作：“班大哥，你扛起一面旗就行，其他问题由我们来解决！如果你赔钱，我用工资补你，我写保证书！”

面对黄文秀的真诚，班统茂终于答应了。

恢复种植，扩大规模，都需要启动资金。黄文秀想方设法，帮贫困户申请无息贷款。

看到秀儿这么尽心尽力，果农们都重振精神，行动起来。

经过多方询问，黄文秀还找到一家农林公司。这家公司在林果种植技术方面拥有丰富经验，并且还有畅通的销售渠道。

在黄文秀的邀请下，农林公司与百坭村共建“标准化果园”。公司派出4名技术员，手把手地教果农剪枝、疏果、保果、施肥、喷药……

经过科学管理，原本无精打采的橘树重新焕发生机，枝干茁壮、果实累累。

进入11月，砂糖橘陆陆续续成熟了。

看着枝头红澄澄的果子，村民们喜忧参半：喜的是从来没见过砂糖橘长得这么好，忧的是果子能不能及时卖出去。

黄文秀笑而不语。

原来，她早已与云南、贵州、四川、海南等地的果商签订了销售协议。

黄文秀还摸索网上销售的路子，组织几个青年村民，建立了百坭村电商服务站。

2018 年秋天，百坭村砂糖橘产量高达 180 万斤，全部销售出去，村民收入 200 多万元。

2019 年春天，全村扩种砂糖橘 1000 亩、八角 1200 亩、油茶 1000 亩和优质枇杷 500 亩……

## 九、最后的晚霞

6 月 13 日，黄文秀终于收到了北京同学寄来的特效药。

这天是周四，3 天后的周日恰好是父亲节。于是，她决定，周末回家送药，好好陪一陪父亲。

入夏以来，雨水格外多，村里的水利设施多有毁坏。

14 日全天，黄文秀和村干部们查看全村受灾情况，商量申请项目资金、制订维修方案。

在笔记本上，黄文秀认认真真地写出了几项清单：

1. 百果屯和百爱屯，600 米，预计 9 万元；

2. 百布屯水利维修（建渡槽），20 米，预计 1 万元；

3. 百果屯、百坭屯水利维修（建渡槽），30 米，预计 1.14 万元；

4. 拟建 20 座垃圾池，预计 10 万元；

5. 那用屯平板桥，预计 8 万元。

傍晚收工时，她对周昌战说：“我回家一趟。周一回来后，咱们就抓紧落实。”

回到宿舍，她匆匆吃一包方便面。10 分钟后，黄文秀驾驶着那辆白色越野车，披着五彩晚霞，离开了百坭村……

## 十、水殇

一栋粗粗糙糙的两层砖混楼房，默默端坐在一座山脚下。

房子旁边几棵高大的木瓜树、芒果树，蓊蓊郁郁，蓬蓬勃勃。夏日的阳光，在叶片上闪闪烁烁地跳跃。微风吹过，繁叶飒飒作响，似乎在窃窃私语。

这里，是黄文秀父母居住的地方。

房子虽已建成 3 年，但由于经济拮据，至今还是毛坯，甚至连门窗也没有安装。屋内没有一件新家具，只有两把木椅、一张餐桌和些许杂物。靠墙的旧桌上，放着一台老式显像管电视机……

14 日晚上，黄文秀驾车 3 个多小时，穿越 400 里山路。

回到家时，夜已深。十几天前，父亲刚做过第二次手术，在家卧床静养。这两天，她每顿饭都要亲手喂父亲，吃些绵软食物。

16 日中午 11 点 30 分左右，黄文秀对父亲说：“我下午要到市委宣传部商量工作，然后赶回百坭村。”

父亲吃力地坐起来，担忧地说：“秀儿，天气预报说今晚有暴雨。那么长的山路，你一个女孩子开车，太不安全，明天再回村吧！”

黄文秀看着父亲：“阿爸，下暴雨，几个屯子很可能发生山洪，我更应该回去。”

16 日下午，黄文秀在市委宣传部谈完工作时，暮色已浓，黑云滚滚。

同事劝她晚饭后出发，或干脆明天回去。

她说：“不行呢，明天是周一，有任务。我今晚必须赶回去！”说着，匆匆下楼。

驾车出发不久，淅淅沥沥的小雨渐渐浓密。一道闪电划破天空，几声响雷滚过，大雨倾盆而降。

途中，黄文秀给周昌战打电话，提醒做好防洪准备。

驶进凌云县境内，暴雨更猛。

此时，夹在两山之间的公路，已经变成汹涌的河面。

23时43分，黄文秀用手机拍了一条11秒的洪水视频，发到“广西云平台”，并配发声音：“好危险，有一辆车已经被水冲走了，我现在过不去了。”

市委宣传部工作群里，同事们纷纷留言：“注意安全！”“太危险，快掉头！”

视频里，不时有兽爪状的闪电撕裂夜幕，呈现出鬼魅般的靛蓝……

2019年6月17日凌晨，不幸降临！黄文秀遭遇山洪因公殉职，年仅30岁……

## 十一、她在丛中笑

乐业县，是一个奇特的地方。

由于特殊的喀斯特漏斗地貌，这里山高谷深、天坑密布。全世界13个超大型天坑，其中7个就在这里。因此，乐业县被誉为“世界天坑之都”和“世界天坑博物馆”。

这里，山水灵秀，处处美景，有瘦瘦弱弱的山路，白白胖胖的迷雾，迷迷幻幻的岩洞，幽幽深深的天坑。

2019年年底，百坭村整体脱贫。

2020年11月20日，经广西壮族自治区人民政府批准，乐业县正式退出贫困县序列。

如今的百坭村，山上、山下水泥路成网，处处是精致的小楼、鲜花盛开的庭院。一条条小河，绕村而流。一架架石桥，横跨两岸。

溪水潺潺，翠竹环绕，菜花粉蝶，白墙黛瓦。欢乐的广场上飘荡着美妙的音乐，幽静的小路上摇曳着浪漫的街灯……

一切，似乎安静祥和，只是，少了秀儿年轻的身影。

但是，只要你停下脚步，对视群山，就能听到一声声轻轻的呼唤：秀儿，秀儿……

## 攻坚啃硬核　脱贫向小康

“小康”一词，早在西周时已经出现于《诗经·大雅·民劳》中：“民亦劳止，汔可小康。惠此中国，以绥四方。”释义为：人民实在太劳苦，但求可以得安康。爱护老百姓，安抚定四方。

以后，历朝历代的君臣贤哲们都不断地描绘着、歌颂着、追求着、向往着“小康”。

凡此可知，“小康”成了丰衣足食和安居乐业的代名词，成了中华民族追求美好生活的朴素愿望和社会理想。

消灭贫困，建成小康社会，是中国共产党成立之初心、百年之追求，全心全意，从未停歇。从建党、新中国成立到改革开放，特别是党的十八大以来，建成小康社会更是成了中国共产党带领全国人民奋勇直前的重要目标。

“人民对美好生活的向往，就是我们的奋斗目标。”2012年11月15日，习近平总书记同中外记者见面时的话语掷地有声。

2012年12月底，在河北省阜平县考察扶贫开发工作时，习近平总书记指出：“全面建成小康社会，最艰巨最繁重的任务在农村，特别是在贫困地区。没有农村的小康，特别是没有贫困地区的小康，就没有全面建成小康社会。”

2013年11月，习近平总书记在湖南省湘西州花垣县十八洞村考察时首次提出精准扶贫的重要思想：我们在抓扶贫的时候，切忌喊大口号，也不要定那些好高骛远的目标。扶贫攻坚就是要实事求是，因地制宜，分类指导，精准扶贫。

脱贫攻坚，精准扶贫，一场举世瞩目的国家行动在中华大地拉开序幕。

脱贫攻坚，全国一盘棋；全面小康，决胜在合力。省、市、县、乡、村层层立下军令状，中央统筹、省负总责、市县抓落实的工作机制得以强化，扶贫脱贫的责任层层压实。全国累计选派300多万名第一书记和驻村干部，同近200万名乡镇干部和数百万村干部一道，奋战在扶贫一线，不获全胜决不收兵。

“天津老师”“北京医生”“广东专家”“浙江工程师”……一支支来自东部地区的帮扶力量，奔忙在中西部脱贫一线。东部343个经济较发达县市区与中西部573个贫困县开展携手奔小康行动。东西部多层次、多形式、全方位扶贫协作，充分彰显了社会主义集中力量办大事的制度优势。

2021年2月25日，习近平总书记在全国脱贫攻坚总结表彰大会上庄严宣告，经过全党全国各族人民共同努力，在迎来中国共产党成立100周年的重要时刻，我国脱贫攻坚战取得了全面胜利，现行标准下9899万农村贫困人口全部脱贫，832个贫困县全部摘帽，12.8万个贫困村全部出列，区域性整体贫困得到解决，完成了消除绝对贫困的艰巨任务，创造了又一个彪炳史册的人间奇迹！

在实现中华民族伟大复兴中国梦的行进坐标中，全面小康是“关键一步”，而消除绝对贫困，则是迈好这“关键一步”的“关键一跃”。8年持续奋斗，近1亿贫困人口实现脱贫，如期完成了新时代脱贫攻坚目标任务，兑现了党向人民、向历史作出的庄严承诺！

# 2020

在艰辛的抗疫历程中，党中央始终坚持人民至上、生命至上，习近平总书记亲自指挥、亲自部署，各方面持续努力，不断巩固防控成果……

我们在“六稳”工作基础上，明确提出“六保”任务……

这一年，我们坚持人民至上、生命至上，进行一场惊心动魄的抗疫大战，经受一场艰苦卓绝的历史大考，取得抗疫斗争重大战略成果，创造了人类同疾病斗争史上又一个英勇壮举。

这一年，我们统筹疫情防控和经济社会发展，率先控制疫情，率先复工复产，率先实现经济增长由负转正，成为全球唯一实现经济正增长的主要经济体，显示出强大抗风险能力、顽强韧性和显著制度优势。

这一年，我们以不获全胜决不收兵的劲头，一鼓作气，决战决胜，如期完成新时代脱贫攻坚目标任务，现行标准下农村贫困人口全部脱贫，贫困县全部摘帽，历史性解决困扰中华民族几千年的绝对贫困问题，创造了人类减贫史上的奇迹。

同时间赛跑、同历史并进，时与势依然在我。

大风泱泱，大潮滂滂。百年大党初心如磐，亿万人民使命在肩。

——摘编自 2021 年《人民日报》元旦献词《乘势而上开启新的伟大征程》

# 铁人张定宇

无疑，在那次轰轰烈烈的武汉抗击疫情战斗中，武汉市金银潭医院是“枪声”最密集的桥头堡，是全人类最关注的风暴眼。

这里，累计收治了2220名新冠肺炎确诊患者，其中包括武汉市大多数危重症患者。

这里，还因此曝光了一个备受关注的人物。

他，就是身患渐冻症（运动神经元病）的“铁人院长”张定宇！

铁人，并非仅仅形容他的意志刚强如铁，还因为他的身体状况——由于病情日益加重，他下肢机械化，双腿僵硬，犹如铁具……

## 一、山雨欲来

2019 年 12 月 27 日 19 时，像往常一样，张定宇滞留办公室。

每个傍晚，通常是属于他的黄金时间。大家都下班了，再没有人来人往，再没有电话喧闹，整个楼层，像空山一样静谧。沏上一杯茶，静心地处理文件、细心地翻阅报纸、安心地回复微信，既结清了当天事务，又避开了堵车高峰。晚上 7 时半，大街宽敞了，开车回家，回归自己的小生活。那里，有妻子做的热腾腾的饭菜和家人甜蜜蜜的微笑。

秋冬交替之后，是呼吸道疾病和常见传染病高发期，可今年格外稀少。虽是好事，却也有些失常。因为暖冬？抑或真如坊间戏言，刚刚在武汉参加世界军人运动会的万余名外国人，把这些都带走了？但他总有一种莫名的不安，感觉要发生什么。于是，今天，邀约业务副院长黄朝林留下，想聊一聊。

两人刚刚打开话题，手机响了，是本市同济医院的一位专家。

对方语气急迫，有一个不明原因的肺炎病人，肺部呈磨玻璃状，疑似一种新型传染病。对方还透露，第三方基因检测公司已在病例样本中检测出冠状病毒 RNA，但该结论并未在检测报告中正式提及。鉴于这种情况，询问是否可以将病人转诊过来。

心底，一道闪电掠过。

他所在的单位是武汉市唯一的传染病专科医院。相关法律规定，传染病要定点集中治疗。

“你们做好准备，我马上通知值班医生，带车接人！”

可一会儿后，对方又打来电话，病人死也不愿转院。

哦，又是这种情况，总有病人忌讳“传染病”三个字，望而止步。

他叹息一声：“那就做好隔离，密切观察吧。”

虽然患者没有过来，但他的内心，已经风起浪涌。

他当即联系刚才提到的那家第三方检测公司，反复沟通，由对方将未曾公开的相关基因检测数据发送本院合作单位——中科院武汉病毒研究所，进行验证。

几个小时后，初步基因比对结果提示：（新病毒是）一种类似 SARS 的冠状病毒！

12 月 29 日下午，湖北省疾控中心来电，省中西医结合医院出现 7 名奇怪的发烧病人，所述病状与前者类似。

心头，一阵惊雷响震。

张定宇马上安排黄朝林副院长亲自带队，前往会诊，并叮嘱务必做好二级防护，出动专用负压救护车。最后，又严正强调：每个病人单独接送，一人一车，不要怕麻烦！

就这样，小心翼翼、战战兢兢，直到深夜 12 时左右，才把病人陆陆续续地送入本院南七楼重症病区。

他的双腿，禁不住颤抖起来。

他隐隐约约地意识到，一场考验就要来临了。

但是，善良的人们啊，天真的人类啊，这哪里仅仅是一场考验，而是一场战役，一场新中国历史上规模空前的抗疫战斗。而他所在的武汉市金银潭医院，便是最早的风暴眼！

他，张定宇，是武汉市金银潭医院院长！

## 二、我本医生

张定宇，1963 年 12 月出生于武汉市汉正街。小时候，他跟着哥哥，跑遍了这里的每一条街巷，体味着老汉口的繁华。1981 年，他考入同济医科大学（现华中科技大学同济医学院）医疗系。

虽然学医，却也无奈疾病。大学期间，他最亲爱的哥哥患病而亡。凶手，是一种名叫流行性出血热的传染病。

这，是他生命中永远的痛。

医疗系毕业后，张定宇进入武汉市第四医院，成为一名麻醉科医生。

个头不高、浓眉大眼、身材清瘦、医术精湛，说话办事风风火火，严肃认真从不服输，这是他留给所有人的深刻印象。

出色的表现，使他成为组织重点培养对象，从主治医师、副主任医师、主任医师、院长助理，直到副院长。

在这里，他还邂逅了爱情。妻子程琳，毕业于武汉卫校，本院护士。贤惠的妻子，无微不至地照料着他和全家人。因哥哥离世，他成为家中独子。父亲病故后，母亲跟随他生活。婆媳亲好，宛若母女。

2013 年 12 月，张定宇调任武汉市金银潭医院院长。

武汉市金银潭医院，几年前由本市三家主要从事传染病防治业务的医疗单位合并而成。相比许多综合医院，业务比较单调，更兼人心涣散、职工上访，使得原本的清凉愈发清冷。截至张定宇上任之时，各种外欠款累计 1.6 亿元，年亏损 2000 万元。

虽然如此，张定宇却没有灰心。

别人不知道，因为当年哥哥的早逝，他与传染病，似乎有一种不共戴天之仇。

针对医院的不景气状况，他开始尝试各种探索、多方突破。

专科医院？综合医院？创伤中心？肝移植技术？后来，思路逐渐清晰：还是立足传染病业务，这才是正路。

于是，他下定决心，立足初心，在原有的基础上加强管理、全面提升、重点突破。

第一个突破点，便是把艾滋病防控工作争取过来。法律规定，法定传染病由各地传染病医院负责。但是，由于种种原因，原来这方面业务大都挂靠在别的部门，颇不顺畅。张定宇多方努力，终于捋顺关系，进一步确立了本院在区域传染病界的影响和地位。

同时，针对传染病治疗的关键难点，引进一系列先进设备，全面提高治疗水平，吸引广大患者。

最精妙的一步，是费尽千辛万苦，建立 GCP 平台。

什么是 GCP 呢？

简言之，就是新药试验平台，即在国家支持下，对所有预上市新药进行系统且缜密的试验确证。这是庞大的系统工程，需要专业团队和设备，还有结构合理、人数众多的志愿者队伍。当然，在整个过程中，如果表现良好，自有经费补贴。而他们打造的平台，在全国评比中，名列第二。

短短几年时间，武汉市金银潭医院便发生根本改变，不仅还清全部外债，而且年节余 2000 万元。

年近六十，就这样再干几年，光荣退休，享受生活，无悔无憾，此生足矣。

他万万没有想到一场突如其来的疫情，打乱了他的生活……

## 三、新冠肺炎

12 月 30 日，市疾控中心相关人员来到武汉市金银潭医院。他们反馈，已收治的 7 名患者的检测结果显示，所有已知病原微生物，均为阴性。

张定宇大吃一惊。

“你们取什么检测？”

“咽拭子。”

咽拭子取样是在上呼吸道，而肺炎病人的感染已经抵达肺叶。

“不行，马上做肺泡灌洗！”

张定宇立即通知纤支镜室主任，采集患者的肺泡灌洗液样本，火速分送省疾控中心、中科院武汉病毒研究所检测。

当天下午 5 时，标本采集完毕。

3 个小时后，初步结果出现：病原体均呈阳性！

重大疫情，石破天惊。急如星火，上报北京！

第二天清晨，国家卫健委派出的工作组和专家组，乘坐第一班飞机，抵达武汉。

专家组来到武汉市金银潭医院，会诊病人和查看相关影像资料。同时，相关人员进行传染病学流行调查。

调查显示，区域病源地聚集于一个地方：华南海鲜批发市场！

该市场，位于江汉区发展大道 207 号，总建筑面积 5 万平方米，现安置 1000 多家商户，是华中地区规模最大的水产批发市场。

当晚，武汉市卫健委 10 楼会议室，灯火通明。

专家组向国家卫健委派驻武汉市工作组汇报临床观察意见。

这次会议一个最为紧要的任务，就是分析新发疾病，抓紧商议制订一个诊疗方案。

会议开到第二天凌晨 3 时。

真正的跨年会议！

1 月 1 日早晨 8 时，检测人员紧急赶赴华南海鲜批发市场，针对病例相关商户及相关街区，集中采集环境样本 515 份。

上午 10 时，江汉区市场监督局和卫生健康局联合发出“关于休市整治的公告”。

非常举动，令人瞠目结舌！

后来，虽然经过全球科学家们多方深层调研，又考察出几处不同疫源地，但华南海鲜批发市场的果断关闭，显示了中国方面的高度自觉和高度负责任！

2020 年 1 月 3 日，4 家权威科研单位对病例样本进行实验室平行检测，初步评估判定为不明原因病毒性肺炎病原体。

1 月 10 日，紧急研发的 PCR 核酸检测试剂运抵武汉，用于现有患者的检测确诊。

12 日，这种全新疾病被正式命名为“新型冠状病毒感染的肺炎”。

## 四、风暴眼

1 月 3 日，武汉市金银潭医院已新开两个病区，转入 50 多名新冠肺炎患者。

同时，紧急采购呼吸机、监护仪、输液泵、体外除颤和心肺复苏设备。每个楼层，大致准备 25 台呼吸机和 25 个输液泵。

1 月 5 日，患者已达 100 余位。

查房时，张定宇猛然发现一个问题：病人自费用餐，非但标准不高、营养不全，而且任由剩饭剩菜裸放床头。保洁员束手无策，不便清理。

这是一个巨大隐患。

他马上下令，即日起，所有病员餐饮费用由本院负担，标准与本院干部职工相同，而且全部统一送餐，统一保洁。

有人表示不解，这会额外增加医院的经济压力。

张定宇说，特殊时期，不算小账！

形势越来越紧张。

正在这时，武汉市金银潭医院的50多名保洁员不辞而别。

怎么办？

护士和行政人员顶上！

第二天，18个保安也全部主动离岗。

怎么办？

生死关头，不能回头！

所有党员、后勤人员，全部上前线！参与送餐、保洁、保卫……

在此期间，张定宇紧急招聘多家外部工程队、聚合院内所有人力物力，日夜苦战，用最快速度将全院21个病区全部改造完毕、消毒完毕、布置完毕。

大战之前，这是一项多么艰巨的工程！

事后证明，这是一项多么英明的决策！

关键时刻，张定宇身边的两位最重要人物先后感染。

妻子在武汉市第四医院门诊部负责接诊，虽然小心注意，但还是感染了。听到确诊消息，张定宇眼前一黑，瘫倒在地。

他已经好多天没有回家了，现在更是分身无术，不能前往探视。

仅仅几天之后，他在工作上最倚重的战友——业务副院长黄朝林，也不幸感染，且是重症。

无奈的张定宇，愤怒的张定宇，疲惫已极的张定宇，擂墙痛哭。

此中悲痛，此中心焦，如坐针毡，如火焚烧！

别无选择，只有拼命地工作，把所有的措施补防到位，把所有的预案准备到位。

每天晚上，他都要闭眼、面壁，单腿直立半小时。

是在祈祷吗？

当然不是！

## 五、除夕夜

大年三十，除夕夜。

傍晚 7 时，办公室。

吃过饭后，张定宇突然想起，要与病房里的妻子视频，说几句安慰话。这个可怜的女人啊，为我付出了一切，现在身染重病，生死未卜，不仅没有得到我的探望和照顾，连暖心的问候也少之又少啊。想到这里，他心如刀割，五内俱焚，禁不住泪流满面，哽咽失声。

他擦擦眼泪，使劲摇晃麻木的脑仁，终于想出了几句温柔话。可刚刚酝酿好情绪，电话响了。

紧急通知，解放军陆海空 3 支医疗队共 450 人，已分别从上海、重庆、西安三地乘军机星夜驰援，3 小时后降落。其中，陆军军医大学 150 人医疗队，将直接奔赴武汉市金银潭医院。

少顷，电话再响：上海医疗队 136 名医护人员也将进驻，凌晨 2 时抵达！

“好！好！马上布置，马上迎接！”他挺直身体，一下子来了精神。

放下电话，急速召集人马，分头行动，再次冲锋。

前些天，他已经抢在大疫降临之前，把全部病区规划改造完毕，打好了“提前量”。若非如此，事到临头，火烧眉毛，如何来得及！

想到这里，心底涌上一阵职业的自豪。他伸出大拇指，狠狠地为自己点了一个赞！

的确，张定宇提前完成的这一系列改造工程，太果断了，太给力了！

这，才是一个优秀管理者真正的责任感！

安顿好医疗队，已是凌晨 3 时。

日历悄然翻至 1 月 25 日，大年初一。

这正是全国人民万家团圆的欢乐之夜。人们看完春节联欢晚会之后，大都进入了甜美的梦乡。

可张定宇和他的战友们，却不能停下啊！他们要立即清洁消毒、摆放物品，为即将进驻的医疗队能最快投入战斗做好全部准备。

1月26日下午1时，陆军军医大学医疗队接管两个病区。

下午 2 时，上海医疗队入驻另外两个病区。

截至当晚 11 时，武汉市金银潭医院已累计收治重症患者 657 人。

火线 48 小时，张定宇兵不解甲、马不停蹄！

## 六、铁与冻

武汉市金银潭医院的空气中，溢满了浓浓的消毒水味道，像硝烟，似雾霾。

楼道里，大家时时看到他跛行的身影，常常听到他的大嗓门。

只是，他的嗓门越来越大，脚步却越来越迟缓了，特别是双腿僵硬，如假肢，似高跷，若机械，像铁具。

上楼时，他必须用双手紧握栏杆，用力地拉、拉。有一次，他走着走着，居然趴倒在地，好久站不起来。

1 月 28 日早上 8 时，全体病区主任见面会。

简短地汇报完工作后，大家准备四散而去，各就各位。但这一次，张定宇破例要求大家留下，似有话说。

人们颇感意外。

而他，却又吞吞吐吐，足足一分钟。

众人惊奇了，纳闷了。这完全不是张院长的作风啊，从来没有见他如此局促啊。

他停顿一下，慢慢张口。

“兄弟姐妹们，事到如今，我不得不说。再不说，可能就要耽误大事。”

大伙儿瞪大眼，眼神里翻动着惊疑的问号。这些年来，单位由乱到治，由弱到强，发生了太多太多细细碎碎而又轰轰烈烈的事情。对于这些，大家都已经习惯了，只要有张院长在，便没有什么大事。就像现在，天大的事，不也是有他在硬挺挺地支撑着嘛。难道……

“我的身体出了问题……”继而，他终于说出，“我是……渐冻症！”

什么？什么？大伙儿不敢也不愿相信。

“是的，渐冻症，前年确诊的！”他缓缓地却是平静地说，“医生告诉我，或许还有六七年的寿命。现在，我的双腿已经开始萎缩……”

渐冻症，即运动神经元病，属于人类罕见病。此病多为进行性发展，其病变过程如同活人被渐渐“冻”住，直至身体僵硬、失去生命。更重要的是，这种病，无法医治。

在座的都是医生，谁不明白呢！

联想到他这些天来的异常行动，大家恍然大悟。

张定宇沉默少许，接着说：“我向各位兄弟姐妹道歉啊。这两年，我脾气不好，批评你们太多，你们都受委屈了！现在，我的时间不多了。在这最后的日子里，我必须跑得更快，才能跑得赢时间；我必须跑得更快，才能抢回更多患者；我必须跑得更快，才能和大家一起，跑出病毒的魔掌。现在，形势万分危急。我们要用自己的生命，保卫武汉，保护武汉人民！”

说完，他用尽全身力气，站起来，一跛一拐地走向前台，双手抱拳，深鞠一躬：“拜托大家了！”

泪水模糊了所有人的眼睛！

白衣执甲，冒死前行！

最疲惫的时候，最痛苦的时候，张定宇就仰躺在办公室沙发上，与妻子视频聊天。一是问候，二是排解压力。

“疫情过后，我要陪着你，好好休息。”

“咱俩相差 5 岁，正好可以一起退休。到时候，我给你一个人当护士，你给我一个人当院长。”

“只是我脾气不好，急躁、不服周（方言：不甘心），老毛病改不了。”

“这才是武汉人。一代代都是犟脾气，怎么能改变？好像会传染。”

“不要提传染。我不想听！”

“好吧，好吧。张院长英明，张院长能干。在张院长领导下，汉正街永远正，长江水永远清，金银潭永远风平浪静。”

“哈哈哈哈……”

笑着笑着，却没有声音了。

再听，却是一串串呼噜声。

他睡着了……

## 七、灵丹妙药

如何提高治愈率？如何降低死亡率？

在张定宇主导下，武汉市金银潭医院采取了多种治疗方法，比如大量补充氧疗设备，在病房里尽量多地匹配氧气面罩，采用高流量氧疗、体外膜肺氧合等手段。

但仅有这些常规武器，还不行啊。

探讨新路！

他们在国家专家组指导下，根据病情给予鼻导管氧疗、高流量湿化氧疗、无创通气治疗、气管插管呼吸机辅助通气等疗法，同时酌情给予抗病毒、抗感染、抗炎、抗休克，纠正内环境紊乱、纠正酸碱平衡失调等治疗。

还有血浆疗法。

大部分患者康复后，体内会产生一种特异性抗体。这种抗体可有效杀灭病毒。在缺乏疫苗和特效药物的前提下，采用这种特免血浆制品治疗，可以增加重症患者存活的机会，也可为医生的救治争取更多时间。

张定宇妻子康复后，经过身体检查，符合捐献血浆的条件。2 月中旬，她来到丈夫所在的武汉市金银潭医院，捐献了 400 毫升血浆。

很快，在国家卫健委印发的《新型冠状病毒肺炎诊疗方案（试行第六版）》中，赫然增加了“康复者血浆治疗”一项。

遗体解剖，无疑是寻找致死根源的最直接途径。

当下，医学对新冠病毒感染、致死的病理机制认识不够，也没有对症特效药。通过遗体解剖，可以最快地掌握和判断其传染性和致病性变化规律。

武汉市金银潭医院的第一个死亡病例出现在1月6日。

在ICU病房外，张定宇耐心地与患者家属沟通将近一个小时，试图说服他们同意对逝者尸体进行解剖，但是，没有成功。

后来，凡有可能，他都会走上前，真诚哀悼之后，便是苦口婆心的劝说：我们知道凶手是谁，但它到底如何行凶，我们需要知道。只有这样，才能挽救生者。请您理解，请您支持啊……

终于，有家属同意了。

2月16日，第一例、第二例患者遗体解剖工作在武汉市金银潭医院完成。10天之内，共完成12例。

由解剖获得的直接数据，有望给未来的临床治疗提供有力依据！

疫情发生后，科技部紧急启动针对该病毒的应急科研攻关。

武汉市金银潭医院承担的多个临床研究项目也陆续上马，涵盖优化临床治疗方案、抗病毒药物筛选、激素使用等急需解决的问题。

张定宇当初建造的GCP新药平台，在此时发挥了巨大作用。

在武汉前线的几位院士、教授和相关科技人员，迅速在这个平台上展开了克力芝、枸橼酸铋钾、瑞德西韦等药物的临床研究。

各种武器，一齐开火。

瞄准新冠，精准射击！

## 八、最后的战斗

2月9日，已经超负荷运转43天的武汉市金银潭医院，再次接到收治一批危重症患者的紧急任务。

21个病区，每层楼都在走廊添加10～14张病床。

这天晚上，这里又吃力地接纳了256名危重症患者！

这段时间，每天都是如此节奏啊。

而调动整个医院运转的张定宇，无疑是其中最忙碌、最伤心而又最坚定的那个人。

一天天逐渐萎缩的双腿，时时疼痛，好似抽筋。最痛苦的时候，他必须单腿站立，把全身重心压迫到一条腿上，连续站立半小时左右，才能缓解。他满头大汗、浑身颤抖、气喘如牛。

当然，还有他的战友，这些可敬的勇士。在那些漫长的日子里，他们有家不能回，大都夜宿在自己的汽车里。

“汽车宾馆”，就是他们战火中的家！

魔高一尺，道高一丈！

整个武汉市，战斗都如此激烈。

在党中央的统一指挥下，来自全国各地的十数万医务工作者、志愿者和各界爱心人士，和武汉人民并肩作战，在疫情之中，共同筑起了一道道血肉长城，抗击疫魔！

日日夜夜、风风火火、铿铿锵锵。

希望之光、胜利之光，就这样吃力地从最初的慌乱和暗淡中走出，走向黎明，走向日出，走向满天朝霞……

2月21日，武汉市金银潭医院收治患者13人，出院56人。出院人数首次超过入院人数。

黄朝林副院长在病情加重持续 10 天后，也稳住了。最终，他获得新生，并于 3 月 2 日回归医护队伍。

截至战疫尾声，武汉市金银潭医院的 820 张病床，累计收治了 2220 名新冠肺炎患者，其中包括全市大多数危重症患者。

而武汉市金银潭医院的勇士们，在与病魔决斗的同时，也最大程度地保护了自身。作为战斗最激烈的主战场，这里只有 9 名医护人员感染，且全部治愈。

这，实在堪称奇迹！

张定宇和他的战友，用最大的努力和最小的牺牲，为保护这座城市尽了全力！

## 九、肺腑之言

一场大战，正在收兵。

虽然惨烈，却是大胜！

张定宇，已经近三个月没有休息了。

3 月下旬之后，他偶尔回归了原来的节奏：晚上 7 时下班。

他，终于可以回家了。家里，有妻子做的热腾腾的饭菜和家人甜蜜蜜的微笑。

生活，如此美好；生命，如此温馨。

只是这样的美好和温馨，太有限了！太有限了！

但是，无论如何，现在的他，已经释然，足以欣慰。

因为，他问心无愧。无愧于这家医院！无愧于这座城市！无愧于这个国家！

作为传染病专家，他想通过这场新冠肺炎之战说出自己的肺腑之言——未来世界，重大传染病将是人类面临的最大敌人。人类，必须改变生存方式，进一步与自然和谐相处。

我的祖国，我的武汉，我的亲人，我爱你们，祝你们康宁恒好！

## 生命乃至上　举国皆同心

自从有了文字记载，3000 年来，这个世界各种瘟疫有 500 多次，因为瘟疫死亡的人不计其数。

回望人类几千年历史，也是一部和瘟疫斗争的历史，从鼠疫到黑死病，从霍乱到天花，从黄热病到西班牙流感，从非典到埃博拉……每一次瘟疫的暴发都是突然到来，防不胜防。

己亥之末，庚子之春，大疫突至。

新冠肺炎疫情是百年来全球发生的最严重的传染病大流行，是新中国成立以来我国遭遇的传播速度最快、感染范围最广、防控难度最大的重大突发公共卫生事件。

人民至上、生命至上，同时间赛跑、与病魔较量——一场疫情防控的人民战争、总体战、阻击战迅速打响。

2020年，面对突如其来的严重疫情，以习近平同志为核心的党中央统揽全局、果断决策，以非常之举应对非常之事。党中央坚持把人民生命安全和身体健康放在第一位，第一时间实施集中统一领导，提出坚定信心、同舟共济、科学防治、精准施策的总要求，明确坚决遏制疫情蔓延势头、坚决打赢疫情防控阻击战的总目标，周密部署武汉保卫战、湖北保卫战，因时因势制定重大战略策略，成立中央应对疫情工作领导小组，派出中央指导组，建立国务院联防联控机制……

4万多名“白衣天使”从全国各地驰援荆楚，与死神竞速；与此同时，4万多名建设工人赶赴湖北，火神山、雷神山传染病专科医院在10余天时间内竣工交付使用，创造令人惊叹的“中国速度”。全国最优秀的医生、最先进的设备、最急需的资源向疫情严重的武汉等地集中，为的就是最大程度提高检测率、治愈率，最大程度降低感染率、病亡率。

从2020年2月中旬最高峰时的近1万例，到4月14日下降到57例，武汉新冠肺炎疫情中重症患者转归为治愈的超过89%。一张张被口罩勒出伤痕的脸庞，一件件被汗水浸透的衣服——白衣战士以身为盾，给生命以最强劲的守护。

其后，南京、西安、上海……每当疫情袭来，坚持“人民至上、生命至上”，建设者们废寝忘食，让一座座方舱医院在短时间内拔地而起；医护工作者“白衣作甲”、向险而行，与病毒赛跑、与病魔较量；社区工作者、志愿者们奔波忙碌，只为守护保障好老百姓的生活。

本着公开、透明、负责任的态度，中国积极履行国际义务，第一时间向世界卫生组织、有关国家和地区组织主动通报疫情信息，第一时间发布新冠病毒基因序列等信息，第一时间公布诊疗方案和防控方案，同许多国家、国际和地区组织开展疫情防控交流活动，开设疫情防控网上知识中心并向所有国家开放，毫无保留地同各方分享防控和救治经验。在自身疫情防控面临巨大压力的情况下，中国尽己所能为国际社会提供各种援助，有力支持了全球疫情防控，以实际行动帮助挽救了全球成千上万人的生命，以实际行动彰显了中国推动构建人类命运共同体的真诚愿望。

目前，疫情还在全球蔓延，对人类生命安全和身体健康的威胁仍在持续；国内零星散发病例和局部暴发疫情的风险仍然存在，外防输入、内防反弹的工作仍很艰巨。

“千磨万击还坚劲，任尔东西南北风”。伟大抗疫精神必将激励中华儿女战胜一切困难，直至夺取抗疫斗争全面胜利；这一伟大精神，必将转化为全面建设社会主义现代化国家、实现中华民族伟大复兴的强大力量。

# 2021

隆重庆祝中国共产党成立100周年，胜利召开党的十九届六中全会、制定党的第三个历史决议，如期打赢脱贫攻坚战，如期全面建成小康社会、实现第一个百年奋斗目标，开启全面建设社会主义现代化国家、向第二个百年奋斗目标进军新征程……

经济保持恢复发展。国内生产总值达到114.4万亿元，比上年增长8.1%……

这一年，我们如期打赢脱贫攻坚战，如期全面建成小康社会、实现第一个百年奋斗目标。

这一年，我们顺利开启全面建设社会主义现代化国家、向第二个百年奋斗目标进军新征程。

这一年，我们隆重庆祝中国共产党成立 100 周年，深入开展党史学习教育，全面总结党的百年奋斗重大成就和历史经验。

这一年，我们全面推进中国特色大国外交，维护和践行真正的多边主义，努力构建新型国际关系，推动构建人类命运共同体。

历史的画卷，在砥砺前行中铺展；时代的华章，在接续奋斗里书写。

当代中国，江山壮丽，人民豪迈，前程远大。

——摘编自 2022 年《人民日报》元旦献词《在新的伟大征程上奋勇前进》

# 第一书记

2018 年，刘昌法荣获全国脱贫攻坚奖贡献奖。

这一年，他 56 岁。他，可能是全国年龄最大的第一书记吧。

2019 年 8 月，刘昌法第四次担任扶贫驻村第一书记的时候，全国脱贫攻坚战正接近尾声。

此时，他已驻村 7 年。他，可能也是全国驻村最久的第一书记了。

50 岁之前，刘昌法是山东省淄博市委政策研究室的干部。由于多年从事理论工作，总感觉缺乏基层实践，他便主动申请下派到贫困村挂职。在博山区上小峰村，他根据当地实际，很快就摸索出一条发展乡村农家乐的产业道路，使一个穷村彻底脱贫。正在这时，全国范围的脱贫攻坚战开始了。根据组织派遣，他又先后担任两个贫困村的第一书记，均圆满完成任务。

彼时，再有 3 年就要退休的他，已经不习惯城市生活，索性就把余下的工作时间全部留给农村吧，为乡村振兴贡献余热。

于是，他来到淄博市淄川区太河镇东东峪村，走马上任，任期两年。

## 一

东东峪村，位于淄川区东南部50公里的泰沂山脉深处。

环村皆山，东侧太平山，北边凤凰山，南面悬羊山，西部则是一片无名山和著名的淄河上游。

山体多是石灰岩和杂色岩，岩中有泉，泉水潺潺。但由于远离城市，地处偏僻，交通不便，千百年来，贫穷是这里永久的胎记。小村，像一个土头土脑、黑黑瘦瘦的憨娃，仰躺在深山怀抱，酣睡。

刘昌法进村后，像过去一样，首先走访贫困户。他走访时，仍然携带“四件宝”：便民卡、数百元现金、一支笔和几张白纸。

为什么这样呢？

前三者易于理解：每入户，首先递上一张写有电话号码的便民卡，可以随时联系；如果遇到临时窘迫的村民，就送上一二百元，救救急；一支笔呢，为了记录。唯有几张白纸，让人费解。

有人就说：“刘书记，带一个笔记本，多方便啊。”

他说：“那样虽然方便自己，但老百姓不习惯。你当面掏出笔记本，郑重其事。他们本想说说心里话，也会咽回去。”

所以，他只是随身携带几张白纸。交谈时，随手记要点。回到宿舍，再认真回忆，誊写到笔记本上。

10 多天时间，各家的情况和困难，都熟悉了。

全村 298 户，801 人，968 亩耕地，5100 亩林地，主要种植玉米、小麦和谷子。树呢，以杏、山楂、柿子、花椒为主。小村 2014 年被确定为省级贫困村，贫困人口最多时超过 400 人。还有一些人家依靠政策兜底，并没有稳定收入。

富裕指数颤颤巍巍，贫困根基扎扎实实。

他一边走，一边想，如何巩固和振兴呢？

必须培育产业！

可是，培育什么产业呢？

与大家交谈，都摇头：咱这穷沟沟，什么资源也没有啊。

他想，这大山，不是最好的资源吗？

## 二

突破口在哪里？

小村太穷了，村集体没有任何收入和积蓄。

俗话说，靠山吃山。可这大山、穷山，如何吃呢？

也不是没有人才。村里有一个中年人，叫朱全祥，原在淄博市内经商，资产丰厚、人脉广泛，最近回到村里，准备重新创业。

刘昌法主动找到朱全祥。

年过半百的朱全祥在淄博市做生意多年，虽然拥有豪宅豪车，却已厌倦了城市的喧闹和污染，便想回村开发旅游业。于是，他准备流转土地，建造精品民宿，自行经营，但开工后就遭遇一系列难题。由于没有更多建设用地，不能扩大规模；如果租房，老百姓不理解，也不配合。他身陷困惑，进退两难。

无巧不成书，乡村旅游，正是刘昌法多年的研究和实践，而精品民宿，更是农家乐的升级版。

的确，这些年，农家乐已经蔚然成风，但随着城乡经济社会发展和新时代的到来，传统模式已然落后。过去，城里人到农村，住农家炕、吃农家饭，图新鲜、图便宜、图方便。现在，城里人希望真正回归和体验乡村生活，要住得舒适、吃得放心，图享受、图卫生、图安全。

时代，呼唤更高层次的乡村精品民宿。

朱全祥的经营方向正确,只是经营方式上需要与时俱进。

刘昌法开导说：有句话说得好，“独行快，众行远”。以你的能力和见识，相信你自己单干，一定能干好。但如果以你为龙头，成立一个共同经营、按股分红的合作社，既可造福乡亲、共同富裕，又顺应了时代潮流、放大了人生价值，岂不更好？

但股份合作，需要投资，村民们愿意参与吗？

刘昌法说：“这个工作由我来做，你只需做好技术和管理支持。”

两人的心灵，碰出了火花。

于是，总体思路确定：由朱全祥投资，建造一个作为总部的接待中心，负责对外联络，承接部分游客，并可用餐、宴请、会议、娱乐等。另外，再在村里发展一批农户，把他们的闲置房屋提升改造为精品民宿，并实行统一标准、统一管理。

合作农户的条件：有闲房，有适量启动资金，有利落能干的女主人。

思路确定了，执行起来却是另一回事。

村民们无法想象：咱们这偏僻落后的穷山村，能吸引城里人常住常吃常玩？不可能！不可能！

刘昌法话不多讲，租下一辆大巴车，邀请大家外出，到自己的第一个扶贫村——博山区上小峰村和其他旅游示范村访问、参观。连续几天，一切免费。

一路上，看着人家的富裕，想着自家的贫穷，村民们动心了。

刘昌法告诉大家，主体投资由朱全祥负责，各家改造另有补助，更有上级支持咱们。客源呢，也可以保障。听到这些，大家纷纷报名，最后确定了 15 户。

趁热打铁，所有改造工程图纸很快出炉。

可是，好事多磨，一波三折。开工之前，由于房屋提升改造需要大笔投资，不少人又犹豫了、撤出了。

最后，只剩下 5 户。

好在，还有 5 户。

## 三

2020 年 6 月，接待中心建设和民宅改造陆续完工。

为了保证民宿的品质，合作社参照城市宾馆标准，统一配置用品设施：3000 元一条的鹅绒被，1 万元一组的窗帘，2 万元一套的马桶；开关全是触摸式，地灯均为感应型。

刘昌法积极协调，筹措争取了一笔扶持资金，对 5 户精品民宿的每张床分别补贴 4500 元和 7000 元。

与此同时，在淄博市的高档宾馆，刘昌法请专家对农家大嫂进行 20 多天的全面培训。

这些大嫂，文化程度不高，生活习惯与现代社会差异大。现在，从仪容仪表到文明用语，从清洁清扫到铺床叠被，每一个细节都需要规范和提升。

特别是朱永翠。

朱永翠，55 岁，初中文化，丈夫务农，两个孩子外出打工，家有 6 间闲房。她是一个典型的农家妇女，原来生活贫困，心情郁闷，不爱收拾。院子里堆满废旧物品，屋内更是凌乱，桌面上灰尘厚得可以记录电话号码。按理说，这么一个邋遢妇女，不适合入社，但没有别人报名啊。而且，这个女人，有一颗不甘的心。

整个培训期间，刘昌法全程陪同，眼瞅着培训师进行手把手教学，一遍又一遍，一场又一场。

培训师休息的间隙，刘昌法亲自上阵演练，一会儿扮演房东，一会儿模拟房客。他满头大汗，不厌其烦。

两条战线，齐头并进。

但是，又一个问题浮出水面。

精品民宿，对外招商，取什么名字呢？

叫观山小院吧，全国有山的地方太多了，似乎体现不出这里水的温柔；称听泉人家吧，各地有水的农村也数不胜数，好像又忽略了此地山的坚强。

刘昌法日思夜想，双眼红肿。一个生动的名字，就是最直接的形象代言啊！

叮咚！叮咚！

窗外的泉水，正在一点一滴地落在石头上。那撞击的声音，既有水的温柔又有山的坚强，令人似有所悟！

叮咚？

叮咚！

叮咚小院？

叮咚小院！

一个极富韵味又朗朗上口的名字，应运而生。

马上注册。

至于“叮咚小院”品牌下的一户户农家民宿，可以灵活取名，譬如“山水居舍”“泉溪人家”“秀水雅居”“枫山小筑”“杏花居”等等。

接待中心通过网络和各种渠道，统一用“淄博叮咚小院民宿”的名义，开始向外界宣传，吸引客人。

仿佛一夜之间，小村与世界就联通起来。

2020 年 7 月 11 日，朱利永的“山水居舍”正式开业。朱家媳妇刘翠燕，干净利落，性格温婉，满面春风。她家有 4 间房，7 张床。

而后，胡立亮的“泉溪人家”、胡立勇的“秀水雅居”也陆续开张了。

还是说一说朱永翠的“枫山小筑”吧。

她家的 6 间闲房，投资 15 万元装修，其中合作社补助 3.5 万元。按照宾馆模样，7 张客床分标间、大床房和亲子间，日定价分别为 258 元、280 元、320 元，均含早餐。

半年“修炼”，身心俱变。现在的朱永翠，脸上略施粉黛，浑身利利索索、清清爽爽，举手投足，完全是职业女性模样。她的小院，一天三洒扫。家具更是时时擦拭，光亮如镜。

按照统一安排，“枫山小筑”，“十一”开业。

开业前一天，朱永翠像办喜事一样，一直忙碌到半夜。

第二天凌晨 5 点，刘昌法就来了。因为合作社已经联系确定，第一位客人，9 点入住。

刘昌法细细地查看，到处光光亮亮、一尘不染，又用手掌分分寸寸地抚摸，猛然发现白色开关上有一块硬斑。原来是装修时的白漆，水擦不掉，不易发现。

他皱皱眉，看着朱永翠，不是批评，胜似批评。

朱永翠，脸红了，低下头。

刘昌法掏出水果刀，轻轻地刮，再用掌心，柔柔地磨，滑溜溜，细腻如脂。他深深地舒一口气，笑了……

叮咚小院，全面开业。

五家分店，统一上网，分别挂牌，相互竞美，美美与共。

接待中心率领着这 5 家民宿，站在山坡上，欢迎四方宾朋，像一树树鲜花，像一只只喇叭。

清清瘦瘦的山路，白白胖胖的云雾，香香甜甜的野风，浓浓酽酽的时蔬。

“叮咚小院”，声名渐起……

## 四

过去的山，虽是青山，却是穷山。

这些年，大山们接通了水、电、路、网，包括地下管网，就逐渐有了神经，有了生命，有了灵性，可以眨眼，可以唱歌，可以跳舞……

的确，这里的山，是泰山的兄弟和沂蒙山的姐妹，魅力无穷呢。远近游客，慕名而来。小村沉寂多年的美景，也在游客面前渐次展开。

惊蛰刚过，山上消融的冰凌伴着纤弱的溪水，便开始弹拨起春天的琴弦。仿佛一夜间，迎春花、连翘花们悄悄登场了，处处鹅黄，满眼明媚。紧接着，明黄的“火焰”引燃了百花盛开。于是，春天的鲜艳便排山倒海而来：粉白的杏花，艳红的桃花，粉红的海棠花，黄色的鼠曲草，湛蓝的山鸽子……

最多的，当然是杏花，累计数百亩。

这个小村，与杏有缘。几百年来，杏仁曾是最主要的经济来源。当地有谚“东东峪不种杏，老婆孩子光着腚”。现在，杏经济虽然边缘化了，但仍然是家家户户的“老亲戚”。

站在村头，远远望去，满山雪白。走上山去，每一棵杏树虽然主干粗皴，却是新枝繁茂，葳葳蕤蕤，挂满大大小小的花儿，像一张张笑脸，如一只只嫩手，似一个个嘴巴，在风中摇曳着，嗡嗡嗡，嘤嘤嘤，嗞嗞嗞。

花儿凋谢了，像漫天银屑，落在山坡上，聚在石缝中，栖在低凹处，仿佛厚厚的积雪，静静地喘息。于是，整个山村，整个暮春，都香起来了，都变成了杏花的臣民。

4月下旬，杏花落尽，青胎累累，楚楚可爱。风来了，雨来了，落满地，直让人惋惜呢。不过，勿要担心，杏树多子，尽管凋落不少，剩下的还是稠密。

5月里，夏天来临，这些小宝贝精光头、赤裸身，顶着阳光，进行着剧烈的化学变化，酿造着甜蜜的汁液。而同时，身体也在日日夜夜膨胀，今天像珊瑚，明天似青枣，后天便是核桃大小了。

6月杏子熟，红若小女腮。妇女和孩子们挥舞着长竿，在树上扑打。杏子们“噼里啪啦”地落下来，像橙色乒乓球，在地上蹦蹦跳跳。

有性急的汉子，便直接在树干上踹几脚。顿时，杏如雨下，满地金黄，尽是香软。用手一捏，杏核蹦出来，跳到小篮里。在雪亮的阳光下，晒干。而后的日子里，全家人围坐一起，用小铁锤，砸杏核，取杏仁——3 斤杏核出 1 斤杏仁。

最多的一户，一个季节砸出 1000 公斤。

每公斤杏仁的售价是多少？

40 元！

这个家家户户砸杏核的风景，或许全国独有吧。

整个夏天，山坡上，果树下，角角落落，到处是黄花菜、野蒜、青青菜、仁青菜等。野菜无主，谁摘归谁。最独特的是河菜，又名泉水菜，只生长在无污染的泉水边。青青叶，嫩嫩茎，拌上野蒜和野韭菜，味道鲜极了。

一夜秋风起，涂黄又涂红。大自然的魔手挥舞着最奢侈的油彩，染尽群山层林，绘出了一幅最宏观、最瑰丽的油画。

这时候，满山瓜果，渐次成熟。南瓜大大咧咧地横在那里，不小心，绊你一个趔趄。秋海棠粉红色，宛若娃娃脸。最典型的是柿子，红彤彤、黄澄澄，如灯笼，照耀着素朴的小村和朴素的人们。

其实，小村更美的是泉水。

泉水从村东的太平山深处汩汩而出，一路汇流成溪，穿过小村，蜿蜒向西。

小村沿溪而建。溪边遍布泉眼，喷珠溅玉。

锅泉形如铁锅，若开水沸腾。

泉水太多了，村民们并不珍惜，洗衣、洗菜、洗澡、洗车、冲厕所，太奢侈了。

当然，泉水最主要的功能还是生活。熬出的大米或小米稀粥，放凉之后，像果冻。若炖菜，绵软可口。更可泡茶，格外清香。

如此泉村，在中国北方，实在少见。

淄博市的一位退休干部，身患重病，四肢无力，不能上楼。住进小村后，白天山间散步，晚上直入黑甜。一个月后，体质大增，红光满面，健步如飞。

还有一位哮喘病人，在城里喘不过气来，整天咳嗽。可在这里生活，神清气爽，谈笑自若。

更多的客户，选择节假日或休息时间，来这里小住。渴饮山泉水，饿餐山野菜。临别时，还可以灌几桶，满载而归。

杏树下，岩石上，一杯土酒，两盘野蔬，听着山风，看着山色，慢斟细品，快哉快哉。

## 五

“叮咚小院”，生意兴隆。

很快，又有5户村民参与进来。整个合作社，又增加了多种类型服务设施，包括会议室、年会室、悦读角等，可同时容纳120人住宿和就餐。

2020年12月，朱全祥出任村党支部书记。

这两年，尽管受到疫情影响，但游客热潮依然无法阻挡。

截至2021年年底，“叮咚小院”营业收入超过150万元。朱永翠的“枫山小筑”，开业以来，赢利超过5万元。

民宿旅游旺盛，引来“众鸟返巢”。25岁的大学生杜玉焱主动回村，做起了民宿管理；而在城里做生意的魏铭慧，也到合作社当起了运营经理。

沉睡的小村，终于睁开了毛茸茸的大眼睛，看着山外的世界，笑意盈盈……

作为总设计师，刘昌法依然不满足。

如何深化和丰满？

这些天，他走访了很多专家，查阅了不少史料。村南的悬羊山，真是一座金山呢。

公元前686年，齐国都城临淄内乱，公孙无知杀死哥哥齐襄公，自立为国君。齐襄公的两个儿子公子纠和小白，分别逃往鲁国和莒国避难。第二年，公孙无知被杀。兄弟俩火速回国，争先继位。两军在中途相遇。由于实力悬殊，小白被公子纠围困在岑山上。公子纠看到山高林密，心中窃喜，以为只要堵死出路，便可瓮中捉鳖。小白粮草断绝，正值绝望，有土人告知山间有一秘径可经青州赴临淄。小白闻之大喜，命兵卒捉来10余只山羊，拴住后腿，吊在树上，前蹄下置战鼓。又命挖出战壕，将饥饿的战马放置其中，而后悄悄下山，赶往临淄，顺利登基。

此时岑山上，山羊、战马饥饿难耐。山羊前蹄乱蹬，擂鼓震天；战马互相撕咬，铃声一片。山下的公子纠好不得意，等待小白束手就擒。没想到，小白率兵从背后杀来，公子纠全军覆没。

自此，中国历史上便有了“悬羊击鼓，饿马蹄铃”的经典故事。

小白，便是后来成为春秋五霸之首的齐桓公。

而“岑山”，便是村南的悬羊山。

悬羊山，齐桓公称霸的源头！

还有这溪水。

溪水从山上流出之后，一路吸纳千注泉眼，浩浩荡荡，但流到村西后，在一座古桥下的山洞里，突然消失。老百姓传说这是一个龙洞，深不见底，却又不敢探测。

一天上午，刘昌法换上运动鞋，拿着手电筒，攀过陡峭石壁，冒险爬进去。

那是一个幽暗石洞，乱石狰狞。哗哗流淌的溪水，却在这里突然喑哑。他打开手电，细细观看。溪水在一处绝壁下，聚积成潭，静滞不前。水面有纹，默默旋转。

天啊，居然是一条地下河！

不用说，溪水通过地下岩层的通道，或注入淄河，或融入别的水脉。

这里，与泰山之水、济南名泉，都是一家呢。

如此丰富的人文资源，却沉睡千百年。

当地村民还有一个习惯：入冬后，用柿子、酸枣等山中特产，手工酿酒，工艺独特，味道独特。

只要用心，处处是美呢。

## 六

报名参加“叮咚小院”的农户，越来越多。

刘昌法和朱全祥商量，争取扩大到20户左右，使全村具备同时接待300人的能力。

他们还对经营收入进行了更细致的划分：利润70%返还农户，合作社留存25%。另外5%，纳入村集体收入。

在此基础上，村委会还成立了“山东恒昌物业管理有限公司”，培训和组织有劳动能力的村民进城，承接政府机关、学校等单位的物业保洁工作。公司收入，上交村集体。

在实践中，刘昌法进一步认识到，壮大集体经济，才是乡村振兴的根本。因为只有村集体具备经济实力，才能更及时、更彻底地救助底层村民，防范所有的应急之需、应急之难和应急之险。

只是，新时代的农村集体经济，不能像过去那样粗放管理，而要探索集约化新模式，必须大家参与，共同监督。

方向明确，努力便更有准星。

他们利用现有集体收入，加上国家支持，在继续开发精品旅舍的同时，还进行了多元化开拓。

他们对河边房屋进行了提升改造，上马建设酒吧、酒坊和咖啡屋一条街。

“我喜欢在家酿酒，游客品尝后纷纷购买，我把去年的库存全卖光了，还经常接到微信订单。”村民魏宝存说。

杜元富夫妻俩常年患病，几乎失去劳动能力。刘昌法在为他们争取了政府低保的同时，又利用相关政策的专项资金，免费帮他们建起了一个茶馆。

这些设施，全部由村集体投资，两年之内，不收租金，店主只负责水电费。

“我们将依托山势环境，发展大棚采摘和小型水上项目。”刘昌法说。

刘昌法和朱全祥还有一个更大胆的想法，那就是把周边区域综合开发，打造一个集康养、旅游、文化、矿泉水、生态农业于一体的生态康养旅游区，带动更多村庄走向振兴。

这是一个宏大的梦想！

这是一段全新的旅程！

刘昌法坚信，随着交通、水电、通信、教育、医疗等设施的进一步普及，中国城乡将真正实现一体化，共同美丽，共同幸福。

采访的时候，我欣喜地看到，在东东峪村，农民已经形成良好的卫生习惯，每天对门前的山路进行洒水、清扫。几个老年人还自觉组成了卫生队，义务为村庄洗脸美容。在这些人身上，私德变成了公德，文明从院内走向了户外。

刘昌法和朱全祥还告诉我，准备动手设计和建造整个村庄的地下排污系统。

看来，乡村振兴建设正在向深层延伸，从地上到地下，从表面到内里。

刘昌法的每天，仍是忙碌的。山上坡下、田间地头、房前屋后，到处留下了他的脚印。

几张白纸，终于换成了笔记本。

任何问题，当面交流。仔仔细细地记录，认认真真地办理。

村民说："刘书记，你为俺村跑了多少路、操了多少心啊。"

刘昌法微微一笑："我生来就是跑腿的命，一天不跑，浑身烦躁。退休以后，再休息吧。"

是的，2021 年 7 月，刘昌法的两年驻村任期应该结束了。先后挂职四任第一书记的他，已经下乡9年，真的可以回城了。

可他，实在离不开这片热土啊。

他毅然放弃了组织关于他回城担任处级领导干部的安排，再一次郑重申请：继续留任，直到退休！

于是，他第五次上任，成为全国独一无二的第五任乡村振兴驻村第一书记。

他下定决心：即使退休，也不回城。

就这样，驻村，做荣誉村民，永远！

## 民族要复兴　乡村必振兴

我国实行家庭联产承包责任制以后，极大地调动了农民生产积极性，解放了生产力，实现了长久以来中国人梦寐以求的温饱愿望。

但总的来看，国内农业发展现状依然困难重重：农村人口众多，劳动力资源丰富，但文化、技术素质低；农产品虽“总体大体平衡，丰年有余”，但品质与效益较差；农村经济改革取得重大突破，但经济发展的封闭性仍具有极大惯性……

推进乡村振兴，习近平总书记早有谋划。

2018年全国两会，习近平总书记对如何推动乡村产业振兴、人才振兴、文化振兴、生态振兴、组织振兴进行了系统阐释。

随之，党的十九届五中全会全面布局乡村振兴，明确“脱贫攻坚成果巩固拓展，乡村振兴战略全面推进”。

民族要复兴，乡村必振兴。乡村振兴的宏伟蓝图，正在中华大地徐徐铺展。

产业振兴成为关键引擎。

中央财政安排资金投入现代农业产业园、优势特色产业集群等农业产业融合发展项目。搭平台、强机制，乡村产业高质量发展步伐加快；乡村建设行动全面启动。数据显示，目前农村卫生厕所普及率超过68%，生活垃圾收运处置体系覆盖90%以上行政村，95%以上的村庄开展了清洁行动，乡村更加宜居宜业；优势资源不断汇集乡村。中央财政将原专项扶贫资金调整优化为衔接推进乡村振兴补助资金，规模一年比一年大，数额一年比一年高，激发乡村振兴新活力。

村道笔直绿树成荫，农家小院青砖灰瓦。

放眼今日神州大地，从华北平原到西南边陲，从大别山区到秦巴山区腹地，从土家苗寨到雪域高原，曾经的贫困县、贫困村里，产业兴了，出行易了，房子新了，环境美了，人气旺了，笑容多了……一个个山乡巨变，汇聚成乡村振兴的亮丽答卷！

“三农”向好，全局主动。2021年，在以习近平同志为核心的党中央坚强领导下，全国克服新冠肺炎疫情、洪涝自然灾害等重重困难，农业生产保持稳中有进，粮食产量保持在1.3万亿斤以上，脱贫攻坚成果得到巩固和拓展，全面推进乡村振兴迈出坚实步伐。农业农村改革发展取得的显著成效，对开新局、应变局、稳大局发挥了重要作用。

当前，全球新冠肺炎疫情仍在蔓延，世界经济复苏脆弱，气候变化挑战突出，我国经济社会发展各项任务极为繁重艰巨。从容应对百年变局和疫情，推动经济社会平稳健康发展，必须着眼国家重大战略需要，稳住农业基本盘、做好“三农”工作，接续全面推进乡村振兴。

“脱贫摘帽不是终点，而是新生活、新奋斗的起点。”

“乡村振兴不是坐享其成，等不来，也送不来，要靠广大农民奋斗。”

春江浩荡暂徘徊，又踏层峰望眼开。全面推进乡村振兴的号角已经吹响，在实现“两个一百年”奋斗目标的征程上，亿万中华儿女书写了人类发展史上的伟大传奇，还将在复兴之路上继续书写新的伟大传奇。

# 2022

北京冬奥会在国家体育场正式开幕。时隔 14 年，奥林匹克圣火再次在北京燃起，北京成为全球首个“双奥之城”。中国秉持绿色、共享、开放、廉洁的办奥理念，全力克服新冠肺炎疫情影响，认真兑现对国际社会的庄严承诺，确保了北京冬奥会如期顺利举行。

北京冬奥会、冬残奥会已成为人们难忘的共同记忆。4 场开闭幕式精彩纷呈，人类命运共同体的主题贯穿始终，中华文化和冰雪元素交相辉映，诠释了新时代中国可信、可爱、可敬的形象；赛事吸引了全球数十亿观众观赛，成为收视率最高的一届冬奥会……

从 2008 年的“同一个世界，同一个梦想”，到 2022 年的“一起向未来”，中国积极参与奥林匹克运动，坚持不懈弘扬奥林匹克精神，是奥林匹克理想的坚定追求者、行动派。站在新的历史起点上，大力弘扬北京冬奥精神，持续推动人类进步事业，奏响和平、团结、进步的时代乐章，我们一定能推动历史车轮向着光明的前途前进，向着人类更加美好的未来进发！

——摘编自《人民日报》 2022 年 04 月 20 日 05 版《共创未来，构建人类命运共同体》

# 一个人的山路

大雪纷飞，像什么？

浪漫的人会说，若玉屑，似柳絮，银装素裹，分外妖娆。

沉重的人会说，那是寒冷，那是苦恼，那是老天爷烦心时挠掉的头皮屑。

前半生的周恩忠，属于后者。

后半生的周恩忠，属于前者。

## 一

崇礼，隶属河北省张家口市，南离中心城区 50 公里，东距北京市 220 公里，总面积 2334 平方公里。

这片区域，乃阴山余脉与燕山山脉的交接地带，山峰海拔多在 1500 米至 2000 米之间，属中低山区。其地貌特征是“山连山，连绵不断；沟套沟，难以计数”。

此地气温比较极端，冬天最低可达零下 40 摄氏度，农历十月便进入冬季，直到第二年三月，统统是冰雪世界。

俗话说：“十月的雪，赛如铁。”

冰雪世界里的人们习惯于滑冰。自古以来，土生土长的人们为了生存、生活和生产，开发了最原始的冰雪运动。人们用木头制作一辆简易冰车，再打造两柄铁质冰锥。就这样，端坐冰车上，两手执冰锥，像南方人划船一样在冰雪上滑行，快如闪电。

大自然，给贫穷的人们减免了一半的摩擦力。

于是，人们上学、打猎、相亲，甚至打架、偷盗、偷情，都挥舞着冰锥、驾驶着冰车。

周恩忠，男，1962 年 10 月 2 日生于崇礼县石窑子乡赵侉沟村。

兄妹八个，五男三女，他是老六。山坡上，一孔黑幽幽的窑洞，便是全家人的住所。这里的人们啊，世世代代生在窑洞里，死在窑洞中。

小时候的他，虽然缺衣缺食，但并不缺儿童的天性。像所有的孩子一样，他也有自己的冰车和冰锥。

每年冬天，冰雪满地的时候，他便手舞冰锥，驱动冰车，四处“飞行”。虽然饿着肚子，虽然住着窑洞，但也有着天然的、本能的快乐。

简单的快乐，也是快乐啊。

## 二

崇礼属于山区，山势高耸但地表平缓浑圆，且寒季漫长、冰雪丰厚，又邻近京津地区，特别适合发展冰雪运动。

1980 年，随着改革开放的春风，京城里的一些有钱人和有闲人，便悄悄在这里开发出了第一块雪场。

可周恩忠的生活，仍是像一块寒冰，默默地融化着，暗暗地痛苦着。

中学时期，他爱好数理化，对物理特别感兴趣，但那个年代，高考对于乡下孩子来说，难于登天。

这期间，由于贫病交加，他的大哥、三哥、姐姐和弟弟，陆续夭折了。

高考落榜后，他只得回家务农。

全家人，仍是住在沉闷的窑洞里，不能通风，没有电灯，只有隧道般坚硬且封闭的暗淡。

每年冬天，面对漫长的冰雪寒冷，已经渐渐成年且有文化的他，越来越感到了生命的沉重和无奈。

“燕山雪花大如席，片片吹落轩辕台。”李白的千古名句，描写的正是当地苦寒。轩辕台，就位于崇礼附近。

诗人的苦恼，千年的苦恼，也是老天的苦恼，更是他的苦恼。

的确，彼时的崇礼，是全国有名的国家级贫困县。

## 三

1983 年，村里招考一名电工。在此之前，小村没有见过电线和灯泡。

周恩忠报了名，竟然考上了。

最早是水泥电杆，高压电 4000 伏，村民用电是低压 380 伏和 220 伏。高压电杆 22 根，高 10 米；低压电杆 8 根，高 7 米。

他每天就围绕着这 30 根细细瘦瘦的电杆，巡检、架线，为村民送去光明。

有了电，小村不仅明亮了，也更有生气了，开始发生着细细碎碎却又轰轰烈烈的变化。

他的心情，他的身体，也在发生着轰轰烈烈却又细细碎碎的变化。懵懵懂懂中，青春期的他，荷尔蒙爆表。

媒人介绍的姑娘王世玲，是三里五乡有名的漂亮女子。他心里乐开了花，可女方母亲的脸却苦成了霜。丈母娘嫌他家穷，又住窑洞，扬言要三间瓦房做聘礼，如果没有，休想，因为姑娘备选的男方，不是官员子弟，就是富裕户。

但他是村电工啊，除了农业收入，每月还有 9 元补助，也颇让人羡慕呢。

他拍拍胸膛，向丈母娘打下了包票。

来年春天，他依靠自己的小积蓄，又借来一笔钱，果然盖起了三间红砖蓝瓦房！

于是，当年秋天，他娶到了称心如意的美娇妻。

1985 年 8 月，县电力系统招工。由于表现优秀，他被推荐参加考试。经过严格遴选，他正式入职乡电管站，转为城镇户口，月工资 60 元。

他负责全乡 18 个村庄的电路安装、维护，兼收电费。那 893 根电杆，就是他的全部工作，全部世界。

他每天背着工具兜，里面装着扳手、钳子、改锥等“武器”。工具兜被他或挎在自行车上，或挂在屁股上。他威风凛凛，俨然一个全副武装的士兵。

滑雪运动，可能最早起源于中国新疆的阿尔泰山地区。

在中国，发现了上万年前的滑雪狩猎者岩画；瑞典和芬兰的沼泽地带发现的古代滑雪板，据考证是五六千年前的遗物；挪威境内靠近北极圈的地方，还保留有 4000 年前的岩画。

据史料载，约公元前 2 世纪，中国华北地区有人使用类似滑雪板的滑雪器，但记载过于简单且模糊。具体方位，更是语焉不详。

是不是崇礼呢？

有待考证。

但是，崇礼人啊，做梦也没有想到，这里将来会成为一次冬季奥林匹克运动会的主要赛区！

## 四

日子虽然贫寒，却也幸福呢。

几年后，周恩忠有了两个孩子：大女儿周丽丽，小儿子周大船。

因何为孩子们取这些名字呢？或许是对未来生活的希冀，或许是梦想走出逼仄的大山。总之，谁又能限制贫穷对于美好的向往呢？

随着时代的前行，他的生活和事业，也像冰雪融化的河面，缓缓地泛起美丽的浪花。而他家庭的小船，也静静地驶向了理想的港湾。

2003 年 1 月 1 日，周恩忠调到县供电所工作。

2005 年 8 月，他担任县供电公司工程队副队长，负责电力设备安装。

这时，县里上马 11 万伏变电站工程。于是，崇礼大地上，第一次有了 92 座铁塔。

这些身材庞大的铁塔们，高达 35 米。

它们，是全县数万根电杆的主心骨。

它们，恰似 92 位将军，率领着漫山遍野的数万士兵。

他的家里，原有 16 亩山坡地。过去种莜麦、胡麻、土豆、蚕豆和山药，收入微薄。他到县城工作后，为了方便生活，就买下两间 30 平方米的简易平房。谁知第二年，县城改造提升，他的平房正在拆迁之列。这样，他仅仅添加 2 万元，便得到了一套 71 平方米的楼房。从此，妻子将土地出租，到县城周围的滑雪场打工，一家人过起了城市生活。

2010年，为了儿子将来结婚，他又借款11万、贷款7万，买下一套 86 平方米的楼房。他月薪 3000 元左右，妻子每月也有 1500 元收入。虽然日子紧紧巴巴，但依靠自己的辛苦劳动，也颇有收获呢。

2014 年 3 月，他进一步受到重用，被任命为输电运检班副班长，负责全县输电电路的巡检和维修。

虽然是副班长，却负责整个野外工作。全县偌大面积，都是他的管辖区。而他的辖区内，已经有了 326 座大铁塔。

他还不知道，这时候，国家正在积极申办第 24 届冬季奥林匹克运动会。

2015 年 7 月 31 日 17 时 57 分，国际奥委会主席巴赫在第 128 届国际奥委会全体会议上正式宣布：北京获得 2022 年冬季奥林匹克运动会举办权！

而崇礼，竟然是冬奥会比赛的主场地之一。

整个燕山，为之一振。

从此，一切节奏，都改变了。

## 五

2016年，崇礼县更名为崇礼区，正式成为张家口市城郊区。

伴随着城镇化发展和冬奥会临近，全区电力设施大提速。

申奥成功之前，全区11万伏变电站只有2座，现在增加到7座，同时，还有了两座22万伏变电站。高铁站和每个比赛雪场，各配一座11万伏变电站。

主体输电线路达到316公里，有1326个基塔。

这些基塔，全部分散排布在野外的山坡上，而巡检和维修工作，只有他们5个人。

工作量，大大增加了。

他每天的工作，就是在野外的山坡上，维护线路，巡视、检修、排除隐患。316公里，基本靠步行。

最大的基塔，高达55米。塔与塔之间，距离250米，最远可达600米。

最关键的是，塔与塔之间，线与线之下，全部是山坡、山沟和河流。不用说，这是世界上最难行走的路之一。而且，这条路的行走者，只有一个人——周恩忠！

夏天，酷热难当。可再热的天，也必须穿帆布鞋，防水、防草、防蛇。还要穿上秋裤、束紧袜子、系好绑腿，不然虫虫牛牛钻进裤腿，可不容易抖搂出来。蚂蚁咬尖扎扎地疼，那还不要紧，如果遇到不长眼的蜈蚣或小蜥蜴，那就是给你扎毒了。斜肩挎一个帆布包，检修的工具，重达 5 公斤。脖子上的军事望远镜，像一块砖，虽然沉重，却是必不可少的。

深山野岭，乱石嶙峋。荒草一米深，蛇多。当地大多是毒蛇，肥嘟嘟的，茶杯口粗细，与草色混同，极难辨认。有一次，他感觉脚下肉肉的，还没有反应过来，蛇反身就是一口，戳破帆布鞋，幸好没有出血。

狍子卧在草深处，睡觉，千百年谁来打扰呢？他一脚踏进来，狍子吓一跳，猛地蹿出来，像一头小豹子。他吓得魂飞魄散，惊倒在地。

他傻傻地坐在地上，满头大汗。好一会儿，身心才恢复平静。

有时候，下雨了。四周空旷，无处躲藏。他只能坐在石头上，抱住头，一任雨水浇淋。这时候，最无助，最孤独，最伤心。想想辛苦和可怜的自己，禁不住泪水流下来。

一会儿，雨停了，继续往前走。

于是，衣服上的雨水、眼眶中的泪水、贴皮肤的汗水、双腿上的露水，一起拥围着他，纠缠着他，淹没了他的一切。

冬天，零下 40 摄氏度，更是揪心。导线热胀冷缩，会造成绝缘子与横担连接，中断输电。

这时候，他就穿着特制的军大衣、高勒棉靴，头戴大棉帽，细细地盘查。

开始时，天太冷。步行几公里后，衣服里面出汗，脚下冰滑，呼出的哈气都结成了冰霜。

他，变成了一棵行走的雪松。

他上中学时，喜欢物理，尤其对电子感兴趣。

这些年，虽然人到中年，但他还在继续学习，参加电力系统的各种考试。

基层电力职工最需要的两个证书，是农网配电营业工技师证和配电线路技师证。

这两个技师证，都代表中级职称，全国统考，特别难以通过。这些年，考过两门者，全县只有两个人。而他，便是其中之一。

不仅他爱学习，孩子们也上进啊。2003 年，女儿考上了河北经贸大学英语专业，终于实现了家族和小村的大突破。儿子虽然没有考上大学 ，却也顺利入伍，成为一名海军，在大轮船上服役。

是的，不仅他的家庭在变好，全区、全市、全省、全国，都在逐步好起来呢。

2019 年 5 月 5 日，崇礼区正式退出全国贫困县序列。

而帮助崇礼区走出贫困的主要推手之一，便是冰雪产业。

截至 2021 年，崇礼区已有 7 个大型滑雪场，小的滑雪场早已数不胜数，而相关配套产业，更是遍地开花。

现在，崇礼区已成为全国甚至世界性的滑雪中心之一，几个大型滑雪场周围的楼房，每平方米售价可达 2 万元，超过张家口，高于石家庄。

这些年，看到冰雪，周恩忠的心底总有一种微妙的温热，仿佛是前世的朋友。

## 六

每天早上 8 点半，周恩忠就出发了。

他的工作，特别单调：头上六根线，脚下一条路。

的确，高塔与高塔之间，只有 6 根线，除了 1 根光缆，还有 2 根架空地线。这是保护线，可避雷，可保护主角——3 根导线。若是常规雷电，保护线可将电流引入大地，但如果雷电规模太大了，就可能触发事故。

他背着帆布工具兜，挎着军事望远镜，真像一个大将军呢。

“大将军”孤独地走着、看着。走到每一座铁塔下，先细细审视一遍塔基，再用望远镜，向塔身高处扫描。每一个绝缘子、每一颗螺丝、每一根角钢，都要察看。如果感觉不放心，就爬上去，用手摸一摸。

夏天，最怕雷电。

雷电，极易把绝缘磁瓶打碎，击成四六瓣，造成导线落地。而导线断了，在远处根本看不到，只有走到 400 米范围之内，才能看清楚。

雷电事故，防不胜防，年年都会有。

2020 年 7 月 24 日晚 8 时左右，电闪雷鸣中，前长 316 线路突发事故：重合闸不成功，导线接地！

当天晚上，天太黑，又下着大雨，根本无法前往。第二天早晨，大雨未歇。他等不及了，便穿上雨衣，背上装备，匆匆出发，寻找事发地点。

此地位于城区东部 10 公里处的喜鹊梁山坡，海拔 1500 米左右。整条线路 8 公里，30 座基塔。他步行了几乎整条线路，直到中午，才发现雷击两处。其中 3 个绝缘子受伤，碎裂 1 个。

事故点找到了，马上检修。他调集全班 5 个人，倾巢出动。

事故处距离公路 1 公里。一切维修设备和相关用料，必须人工扛过去。手扳葫芦 8 公斤，接地线 30 公斤，绳索 10 公斤，滑轮钢丝 30 公斤，3 个绝缘子共 15 公斤……

50 米高的塔顶上，他系紧安全绳，高空作业。起重量可达 3 吨的手扳葫芦，把长长的、重重的电线拉回来，拉直。再更换绝缘子，接上。

大风呼啸，整个塔身摇摇晃晃。但他早已忘记危险，忘记恐惧。

直到天黑，才维修完毕。通知调度，恢复送电。

这条线路的主要供电目标，便是冬奥会比赛主场馆之一的太舞雪场。虽然还有一条备用线路供电，但也要马上修好啊。

刻不容缓！刻不容缓！

2021 年 1 月 6 日，最低温达到零下 43 摄氏度。

晚上 7 点 20 分，调度室突然通知发生停电事故。事故线路——崇太 311。

马上寻找事故点！

凭经验，他感觉是在15公里处。

他走夜路，摸到几个怀疑的基塔下，用手电筒照射。果然，电线受冷收缩，翻过绝缘子，与横担相连。

马上维修！

在零下43摄氏度的酷寒中，他颤巍巍地爬上35米高空，再用滑轮把维修设备和材料运向空中。然后，赤裸双手，用4个绝缘子，把导线下拉至下一个横担，固定坚实。

作业完毕后，两只手已经冻得僵硬麻木。

他只得坐在高空中，闭上双眼，把双手塞进手套中，交叉着，紧紧地捂在胸前，自我取暖。

5分钟后，他才将双手从手套中掏出，慢慢地爬下铁塔……

## 七

造成意外的不仅有天气，还有人为事故。

比如，沿途大型机械施工，极易挖断电缆。虽然反复告诫，却仍有发生。

2020年10月的一天，一家建筑公司加班施工，竟然挖断通往冬奥会生活区的地埋电缆。多亏备用线路及时顶上，但也耽误供电 4 秒钟。

现在是赛前的准备阶段，又是生活区域。如果是比赛用电，这是多么严重的事故啊。

比赛用电，必须确保万无一失。

但万万一呢?

万万一，也不能!

居然还有人偷盗塔材，造成灾害。

塔材都是钢铁角钢，价值不菲。有些犯罪分子，竟然觊觎此，趁夜间偷盗，拧掉螺丝，拆下角钢。

为了防盗，供电公司在制造塔基时，将塔身 10 米以下部分全部使用防盗螺丝。但仍然有一些穷凶极恶的不法分子，冒险爬到 10 米之上，进行盗窃。

2021 年 11 月 9 日，在头道营村后山坡一个隐蔽处，一座 30 米高的铁塔，竟然拦腰折弯。

原来是该死的盗贼，把 10 米处以上的螺丝拧开，拆掉了几根角钢。风大，造成塔身弯腰。

这起事故，处理了三天三夜，才恢复送电。

还有一些意外的烦恼。

电线下的山地，属于个人。虽然相关法律明确规定，高压线下不允许植树，但一些人罔听罔顾，依然种植速生的青皮杨、柳树等经济树种。这些树种生长快，常常三两年便已升空。夏天，电线热胀，往往下垂三四米，最多可达八九米，与树头相接，极容易酿成事故。春天和冬天，一旦引发山火，更容易烧坏电线。

再三劝说，有些人不理不睬。我自己的山地，为什么不能种树？而一旦种树，树干成长到一定直径，便会受到林业法保护，不能随意砍伐。

2018 年 8 月，他在巡山时发现隐患。经再三规劝无效，便自己动手，锯掉三棵冒犯电线的高树。树的主人告发后，森林公安依法传唤，竟然是他理亏，被罚款 480 元。

后来，他学聪明了。发现障碍树，只锯树头，不理树干。

为了更加便于清除障碍树，他自费买来一把油锯，9 公斤重。一旦发现目标，就携带上山，直取树头。

冰雪运动，实在是现代体育的重要组成部分。

想想吧，人类利用平地、沙漠和水域等，开发了各种各样的体育项目，以强健身体、开阔精神。冰雪区域是人类生存和生活的主体板块，而冰雪运动更是一个乐趣无穷又方兴未艾的精彩世界呢。

时尚的滑雪板和滑雪杖，由高科技的金属、塑料和木材混合制成。滑雪板的祖先，就是原始的冰车呢，而滑雪杖，则是冰锥的升级版了。

真正的滑雪者，喜欢的是速度、刺激、美感以及征服自然的成就感。

没错，当你站在雪山之巅，漫天飞雪模糊了视线，远处的风景犹如一幅意境优雅的油画。你穿着鲜艳的滑雪服，戴着新潮的滑雪镜，脚踩滑雪板，手舞滑雪杖，从高处飞速滑下，寒风在耳外嗖嗖作响，白雪在脚下哗哗犁开。身体在雪原上飞舞，心情也在天地间飞舞，忘记了烦恼，忘记了疲劳，忘记了时间……

此时，远离城市喧嚣的莽莽雪原，就是你放飞生命的悠扬舞场！

那种飞翔，是身体的放飞，更是精神的高蹈。

## 八

周恩忠的小日子，慢慢地红火了。

仅仅几年时间，外债全部还清。

女儿大学毕业后，供职区委信访办。2018 年，被调到张家口市申奥办，负责对外协调工作，由于工作出色，被提拔为正科级干部。儿子呢，转业回到家乡，由于当兵时在大轮船上负责给水，曾接受专门培训，并持有相关专业证书，被区自来水公司作为人才引进，负责冬奥会场馆和生活场区的供水工作。

女儿和儿子，都结婚了，各自生下一个儿子。女婿和儿媳，也都有稳定工作。而他的工资和奖金收入，每月也涨到了 5500 元。

他亲爱的妻子呢，早些年打工，后来当专职太太，现在经常陪着孙子或外孙，去周围的滑雪场练习滑雪。虽然丈夫非富非贵，她却十分知足，幸福无比。

生活虽然安宁了，但他仍然不安心啊。

冬奥会结束几个月后，他就该退休了。

他最担心的还是工作。

因为自己的苦差事，年轻人都不愿接手。现在的年轻人啊，大都愿意坐在办公室里，或在城区工作。

为此，他也常常苦恼呢。

苦恼中，他也在探寻办法。

2019 年 11 月，他主动申请到山东省莱芜市，学习无人机操控技术。全班 150 多人，他年龄最大。学习一个月后，毕业考试，全班一半人没有通过，需要再次补考，而他，轻松过关。

他想，将来单位配上无人机，就可以实现空中巡视，那样就轻松多了。

但现在，至少在冬奥会期间，这一切都用不上，用不上啊，还需要自己动动老胳膊老腿，走好最后一段路，站好最后一班岗。

想到这是此生的最后一班岗，他本来有些佝偻的腰身，又挺直了。

是的，他的确放不下啊。他已经向公司领导提出申请，希望延迟退休。他要抓紧带出几个徒弟，把所有的经验教给他们，把无人机操控知识教给他们。

他不是在乎这个职位，更不是看重经济收入。

说到经济收入，还没有退休，就有私营企业老板找他了。全区人民都知道，他是当地最有名的电力施工工程师。老板的聘用金，每月 1.2 万元，还委任他为施工队队长，但他拒绝了。

因为，他热爱这个岗位。

是的，他的一切，都依赖于国家电力部门。几十年来，自己的生活，自己的一切，不都是电力部门给予的吗？他感谢电力部门，他感谢这个国家。

他热爱这个岗位，他热爱这项工作。

他热爱这份事业！

但他，毕竟已是60岁的老人了，往往巡山一天后，便累得瘫软在地。

瘫坐在地的他，像一绺秋草，衰衰地歪倒着，脸上却笑盈盈，一如阳光下的满山新雪，在阳光下微笑……

## 九

2022年1月，第24届冬奥会马上就要在家门口举行了。

他每天的工作，仍是巡检、巡检。

他的工作乘用车原来是一辆桑塔纳，太旧了。去年，他又自费买来一辆二手越野车。这家伙是四轮驱动，像一头小狍子，不，像一头小豹子，一加油门，“嗖”地就蹿上去了。

全区2334平方公里的“版图”上，共有23条供电线路，计316公里、1326座铁塔。

这1326座铁塔，全都是他的朋友，全都矗立在他的心头！

想着全区偌大的“领土”，偌大的“版图”。在偌大的“领土”和“版图”上，矗立着这1326座顶天立地的大铁塔。想着这些大铁塔，正在为冬奥会提供着动力，他就满心喜悦，浑身力量。

这1326座铁塔啊，像极了一个个八面威风的大将军。

而这1326个“大将军”，却都是他的部下呢。

如果这样，他，不就是大元帅了吗？

想到这里，他禁不住自豪地笑了。他的自豪，涂满了蓝蓝的天空，升腾成一朵朵饱满的白云。

微笑过后，他再次挺直腰身，沿着面前的山路，走下去，走下去……

一个人的山路。

一个人的使命。

一个人的快乐。

一个人的世界。

阳光如雪，纷纷扬扬地洒落在身上，若柳絮，似银屑。

60岁的周恩忠，认真地、快乐地走在一个人的山路上。

他走得细致而扎实。双脚踏在坎坎坷坷的山路上，就像双手揿在高高低低的琴键上。又像乘坐着儿时的冰车，而双手，紧握着两柄冰锥，在记忆的冰雪世界里奋力地划动着，划回童年，划向永恒。

四周的群山，起起伏伏，像一只只大大小小的睡卧的绵羊、骆驼、白兔，眯着眼睛，吐着鼾声，做着香暖的酣梦……

天地，一派祥和。

这一切，与我们的主人公一起，都在等待着一场这个星球上最盛大、最精彩、最顶尖的冰雪盛宴的开幕……

## 冰雪映深情 体育强国梦

奥运会分为夏季奥林匹克运动会、夏季残疾人奥林匹克运动会、冬季奥林匹克运动会、冬季残疾人奥林匹克运动会等十个运动会。奥运会上，各个国家和地区用运动交流各国文化、切磋体育技能，其目的是鼓励人们不断进行体育运动。

冬奥会，是世界规模最大的冬季综合性运动会，每四年举办一届，1994 年起与夏季奥林匹克运动会相间举行。

2015 年 7 月 31 日，在马来西亚首都吉隆坡举行的第 128 届国际奥委会全体会议上北京以 44 票获得举办权。北京也就此成为全球唯一一座既举办过夏季奥运会，又举办冬季奥运会的城市。

申办成功20天之后，习近平总书记主持召开会议，专题听取申办北京冬奥会情况汇报，研究筹办工作。会上，他明确提出绿色办奥、共享办奥、开放办奥、廉洁办奥的办奥理念。此后6年多，这一理念成为推进筹办北京冬奥会的重要指引。

这些年，习近平总书记先后5次实地考察冬奥筹办工作。北京、延庆、张家口三个赛区都留下了他的“冬奥足迹”。

党中央高度重视北京冬奥会、冬残奥会，成立冬奥会工作领导小组，从国家层面统筹力量、协调推进筹办工作；在以习近平同志为核心的党中央坚强领导下，各方紧密合作、全力攻坚，各界热情参与，凝聚起强大工作合力，共同完成了各阶段筹办、举办任务。在世界百年未有之大变局叠加新冠肺炎疫情背景下，举办冬奥会面临的风险挑战前所未有。坚持底线思维、问题导向，增强忧患意识，下好先手棋，打好主动仗，确保赛事安全顺利举办；坚持冬奥成果人民共享，通过推广普及冰雪运动带动全民健身走向纵深，通过产业发展助力脱贫攻坚，通过提升公共服务水平改善人民生活品质，让人民身心更健康、就业更充分、生活更美好，实现共同参与、共同尽力、共同享有。

北京冬奥会筹办、举办是在异常困难的情况下推进的，全部参与者坚持“一刻也不能停，一步也不能错，一天也误不起”，付出了艰苦卓绝的努力，取得了举世瞩目的成就。

2022年北京冬奥会共设7个大项，15个分项，109个小项。北京赛区承办所有的冰上项目和自由式滑雪大跳台，延庆赛区承办雪车、雪橇及高山滑雪项目，张家口赛区承办除雪车、雪橇、高山滑雪和自由式滑雪大跳台之外的所有雪上项目。2月20日，北京冬奥会所有比赛全部结束。中国代表团以9金4银2铜的战绩高居金牌榜第三位，创下参加冬奥会以来的历史最佳战绩。

中国人民同各国人民一道，克服各种困难挑战，再一次共创了一场载入史册的奥运盛会，再一次共享奥林匹克的荣光。

国际奥委会主席巴赫说：“在全球疫情的大背景下，中国政府和中国人民，为全世界运动员提供了热情接待，并为运动员们搭建了展示自我的舞台。运动员们非常开心，也对场馆设施、奥运村以及闭环内的安全状况感到十分满意。此外，北京冬奥会的奥运氛围在我参与的历届比赛中也是最浓厚的。”

一簇微火，感动世界。两个奥运，同样精彩。

人类体育史上，先后举办过亚洲运动会、夏季奥运会和冬季奥运会的只有北京，只有中国。

以 1990 年北京亚运会为起点，伴随着夏季奥运会和冬季奥运会时隔 14 年落地北京，我们已经从让世界认识中国，到让中国影响世界——“双奥之城”背后谱写了一曲荡气回肠的体育强国之歌。